LOCUS

LOCUS

LOCUS

LOCUS

to

fiction

to 078

秘河

作者：徐嘉澤
責任編輯：林盈志
封面設計：顏一立
內頁排版：安傑樓
校對：徐嘉澤、陳怡慈、洪禹邦
出版者：大塊文化出版股份有限公司
台北市10550南京東路四段25號11樓
www.locuspublishing.com
讀者服務專線：0800-006689
TEL：(02) 87123898　FAX：(02) 87123897
郵撥帳號：18955675　戶名：大塊文化出版股份有限公司
法律顧問：全理法律事務所董安丹律師

總經銷：大和書報圖書股份有限公司
地址：新北市24890新莊區五工五路2號
TEL：(02) 89902588　FAX：(02) 22901628

初版一刷：2013 年2月
定價：新台幣250元
ISBN：978 986 213 417 7
Printed in Taiwan

祕河

徐嘉澤

在退去的黑暗與時間的深淵裡，
你還看到什麼？
——威廉．莎士比亞，《暴風雨》

目錄

一 綠色鱷魚

特寫畫面往大男孩的臉拉近，他的表情虔誠且寧靜，微涔著汗水，鼓般的心跳聲，一收縮一放鬆。他聽著體內汩汩流動的聲音，不確定來自何處，閉上眼，注意力集中在耳朵，搧著耳翼，躺在床上的他清晰聽見正上方電風扇轟隆隆運轉。風夾雜著夏季的溽熱不斷降下，如冬雪飄落春櫻吹飛，將他身子不斷覆蓋淹沒。夏蟬在窗外用力鼓腹嘶喊，要將夏季驅趕。

大男孩試著以上帝之眼透視自己，專注觀照，自身體、衣服到軀幹，皮膚、肌肉、筋脈……他的身體成了透明，血液順著血管在體內竄流。他將手放置頸間，感受血液奔流過後的起伏，他吐出的氣息成了四散的蜻蜓，一下子便竄逃潛藏到末夏的暑氣裡頭。身體裡藏著一條河，紅色的，源頭來自於他的父親，父親的父親，父親的父親的父親，從千古前流傳下來。千百萬年前遠古的河脈早不復在，自己成了歷史父業中的一條支流。他知道，那條河流到此便會枯竭，不會再有分支，古老源流就要斷絕於此。

夏蟬停止聒噪，他靜靜地流下淚。

大二這年，大男孩的母親在他房內看到幾本散落四處的同志雜誌、書籍，當一家四口在客廳看著三流連續劇時，母親在廣告中突然插進話題問他：「你房間裡面怎麼會有那些書？」

「哪些書？」他明知故問地裝傻回著。

「就是那些同性戀的書。」語氣平靜地不像他平常熟知的母親，彷彿說的是「今天天氣不錯哪」這樣的閒話家常。

他微瞇著眼睛，沒有太多掙扎，當時決定把書籍散落一地就想到會有這樣的開端，他出手，逼迫向來沉穩的母親不得不出招。

「班上同學借我的。」

廣告結束電視劇開始，他們的話題沒有隨著廣告結束而結束，卻隨著電視劇的開始進入另一波高潮。母親沒有將注意力轉回到電視螢幕上，反而抽絲剝繭：「你同學是同性戀嗎？」

彷彿那是某種奇特的生物，在眾人想像中是有多巨大，或多具攻擊力、傷害力的某種生物：那是一般人無法察覺、想多瞭解卻又容易感到害怕的生物。在母親問著這話的同時，他的腦海裡不斷浮現出邱妙津筆下面目醜陋、心地善良、帶點神經質，和愛想東想西的可愛綠色鱷魚，乘坐在小木桶裡頭，悠悠蕩蕩逃離追趕著他的人群到外海流浪去。木桶著了火，綠色鱷魚還要笑著和岸邊的群眾揮揮手說著：「祝你們幸福！」而一隻隻的鱷魚被放逐到大海中（無論是自願或不自願的），他們迷失在茫茫的海中找不到自己的源頭，也不知道自己的最終目的地，所以只能選擇消失，消失在世人看不到的海上。

他的母親似乎替他同學準備好了木桶，只等待大男孩將同學擺置上去，再齊力把他同學推向外海，遠離他們。

「他是……」大男孩把自己的同學擺進了木桶內。

自己一併坐了進去，「我也是。」

母親的表情震驚、害怕、激動，眾多紛雜的情緒讓母親的眼淚氾濫不止，將木桶自沙灘上沖入海中。大男孩在木桶上不掙扎，只是靜靜看著岸邊的母親，以及在一旁靜默觀看的父親和姊姊。

被母親的眼淚放逐，他此後被區隔成另一邊的人。

他彷彿成了鱷魚。

「不！」大男孩轉念想著：「我原本就是鱷魚，不是彷彿。」

他恢復成鱷魚身分。他知道這事遲早都會發生，就算此刻他開玩笑地說：「老媽，跟妳開玩笑的啦，surprise，被嚇到了吧！過兩天就是妳生日，特地嚇嚇妳的啦！哈！」還是改變不了一切。

脫下人殼外形的他是隻鱷魚，脫下後就再也穿不上，縱使那些人強迫鱷魚們再著上人形衣，總把狀況搞得滑稽，有些人上半身鱷魚頭下半身人樣，有些則相反。明明鱷魚滿街跑，那些人以為只要假裝不知道誰是鱷魚就好。

母親哭著問：「到底是怎麼一回事？我怎麼會生一個同性戀？我知道了，一定是有人帶壞你的對不對？」

他母親哽咽的話語，像是複製三流電視劇的台詞。

「沒人帶壞我，我就是這樣。」

同在客廳裡的父親和姊姊像觀眾，靜靜看著這齣戲進行，不鼓掌不叫好，不流淚不生氣，父親和姊姊並不輕易被這戲碼所影響，或者是說他們強忍著情緒不讓它爆發，畢竟這戲以後或許得每天上演，且人人都有機會擔任主角，演得膩也無從下場。

他站在木桶上看著涕淚縱橫的母親、漠然的父親和姊姊，他終於忍受不住大叫：「這個秘密藏在我心中好幾年了，我覺得你們從來沒有瞭解過我，你們連自己的兒子和弟弟是什麼樣子的人，都要等到我說才知道，你們真覺得關心過我嗎？你們知道那種沒有辦法和家人分享情感的痛苦嗎？我是同性戀，難道就不是人嗎？同性戀又怎樣，不用吃飯不用上廁所不會哭不會笑不會寂寞不會痛苦嗎？」

他站起身來，放棄溝通，甩上房門，把自己關進房內，「砰」的一聲，客廳中的家人直望著彼此。他獨自想著，與其選擇被放逐，不如大家在此共滅，不該只有他一人受苦。身為一家人，要互相愛也該互相折磨，那才是真正甜蜜的負擔。

那一天，母親的嗚咽聲，伴隨著電視聲持續到半夜。他坐在房間床上傾聽著自己體內河流的流動，在腦海中勾畫出一條細流漫出他的手，順著掌紋傾洩而下，只要他將手上的刀子再往手腕深處俐落一點，就會滴落成一灘湖。他多麼渴望源自於自身的紅河會大水漫延出房門，淹沒家中每一角落，能浮的就浮、會沉的就沉，載浮載沉便交給命運來安排。

這幻想來自於剛離去的雨季。低氣壓颱風在太平洋上某個角落悄然成形，凝重緩緩地前進，像隻巨獸躡步行走，吸進大量的熱氣和水氣，逐漸茁壯自己，每前進一步又納進了足以武裝自己的水氣，它以穩健的腳步踏上了島嶼南部。一週前，颱風像個肆無忌憚的孩子胡扯街上的葉子和樹枝，連根拔起隨手即丟，玩膩了又拔，然後推置一旁，甚至掀落了家裡的鐵皮。那斜著不停落下的雨如針穿刺地面，一開始還被土地貪婪吸入，泥土的潮濕味不斷自地底深處翻了出來。但幾個小時後，土地、排水孔、下水道再也容納不了那麼多的水分，一大口將水全翻吐了出來，天空仍不停澆下急迅的豆大雨滴。

積水漫上了增高的台階在門口徘徊，過一會，水如地痞流氓般閒遊進屋內，他見父母親驚慌失措，一邊驚呼救命，一邊要將大水趕出。但每戶人家只顧著救自己的命，急著趕出闖進自己家內的水匪，沒人聽見彼此的呼救。他往外看去，每戶人家都成了大海中的小船，浮浮沉沉，彷彿末日將至。

屋內擺滿了各式大大小小容器，裡頭是滿滿的水，盛滿天空落下的諸多話語。父母親不斷將水掃入畚箕，再倒入其他各式容器之中。他和姊姊兩人將屋內的東西堆高後，颱風以極快的速度橫掃揚長而去，雨勢也漸歇，淹入屋內的水步步退去，彷若遠方有巨手施法讓水逆行倒回。他和姊姊一如看戲的觀眾，蹲踞在門口看這魔術時刻，他童心大起急就章折了艘紙船，使使眼色後將紙遞過去，姊姊加入遊戲仔細折了隻紙鶴，他們將紙船、紙鶴放在外緣的積水中，靜靜地看著那船、那鶴，還有許多漂流在大水上的家具雜物，順著流去的水離家越來越遠。

他以為自己是第一艘即將順著河流而走的紙船，但在這齣戲碼之前，他們，家中的另外三人，早已演過另一齣，只是他錯過了，所以一直以為自己的這一齣出櫃劇會是家中的高潮。門外的母親隨著夜深不再嗚咽，他的幻想也隨著姊姊突然的敲門聲和細語聲而嘎然停止。如同氾濫的河流過後，家中恢復了原本的生活寧靜，彷佛一切都沒發生過，一家人知道會恢復到原本的生活，這只是一次家中口語或情感上的爆發和衝突。他沉沉睡去，門外的父母兩人持續靜默盯著那微散著光的螢幕，螢幕是張蜘蛛網，網住了他父母的心口眼耳鼻舌身意。

那一晚終究成為過去。

就像他小時候一家四口，父親騎著機車，他窩身在父親前方，母親和父親之間就是姊姊，來到彼時熱鬧的地下街。他和姊姊兩人把地下街當成巨大的遊樂場，在那些商品中奔跑來去，玩著躲貓貓的遊戲。他記憶中邊躲著邊頻頻回頭，怕被找到又怕他們尋不著，最後不是被姊姊「嘩」的一聲給嚇著，就是兩脇後被大手給抱起。他不用回頭就知道抱起他的人是誰，那雙溫暖的大手。他假意害怕地踢著腿，胡亂喊著，直到兩腳又踏在地上為止。他回頭，父親、母親、姊姊都笑著，他以為這樣可以很久。

卻在某瞬間，他一下抽長了身子，連聲音都粗啞，母親看起來駝了點，父親髮根隱隱透出銀絲，而曾經一家打發悠閒時光的地下街也隨著火焰的吞噬而消失。新聞畫面中悶燒的黑煙不斷竄出，像群黑蛇，似乎把那些快樂時光都蒙蔽。

一切都過去了。

那一年也是他對性萌發好奇的起點，不過國小的他在父母親房間內置物櫃的底層，發現一本教導兩性生理和心理不同的書籍。看著書中介紹的男女器官，他盯著勃起的男性性器官圖片，一旁的標示註解他全然不懂，只在腦海裡留下這大大的勃起陰莖圖像，他掏出自己短小尚未發育的陰莖，全然感受不到兩者之間的相似性。

卻覺得有什麼地方自己變得不一樣。

那本書彷彿是潘朵拉的盒子，打開，這世界就不同了。

如今，在陽光灑落和夏蟬陪伴的上午時光，他躺在自己的床上靜心聽著體內血液流動的聲音，如果美好的會過去，那不好的也會。只要等，他心裡這麼對著自己說。

二　迷宮之境

小女人側著身，坐在家中一隅看著屋外雪白中帶點鵝黃色澤的緬梔花，花紋向內旋，像座溫柔的迷宮，多看兩眼就會讓人不小心陷入。白花輕輕坐落在樹梢，隨風一搖撼，被輕取而飄下，以旋轉的姿態落到後院的草坪。後院是她父親一手精心打造出來的庭院，裡頭有父親最愛的日本山茶花及緬梔花立在一片綠的小草坪上，山茶花只在冬季開著紅色泣血的花，緬梔花卻一年四季瘋了似地開著。落花被灑散一地，她父親從來不掃落地的花，覺得它們從土裡來就該往土裡去，任由它們隨著時間的遷移而歸化到土內。

小女人聳聳鼻尖，風從窗緣滲透進來，如水氾濫，淹蓋她的鼻內，裡頭富含著緬梔花特有的香味，夾著一絲幽芳來自那叢作為小園籬的七里香，小小朵白花藏在綠幕之中，像迷你精巧的白燦燈泡。她比自己的弟弟大上七歲，從弟弟出生之後便負起了照顧他的責任，尤其父母親勤於工作，更常讓她有種自己和弟弟兩人獨撐一個家，相依為命的感覺。

在這個弟弟之前，原本她應該有個妹妹，卻因風寒加上體弱多病而被生命之海淹沒，沉進去後就再也見不著。這個妹妹加入這家庭不過幾個月就消失了，如今沒人提起或記得妹妹，除了她以外。她凝望窗外，清楚知道妹妹還在外頭嬉鬧，當妹妹小小身軀化成風穿越那簇七里香花叢時，樹身稀疏的騷動震落幾朵白花，一陣子後才靜止下來。有時妹妹會調皮地沾了一身的花香，然後靠在她身上抖下一落的香味。她對妹妹的疼愛，讓她成了另一個母親。

她記得四歲某一天，母親對她哭著說：「妹妹不在了，她變天使，去很遠的地方旅行了。」

她全然無法理解，知道妹妹沒變天使，因為她看到有著妹妹氣息般的灰撲撲氣體在屋內大口喘氣，帶著憤怒，胡亂在地上滾動著，似乎要把一切給衝撞開。她撿起妹妹像抱起布娃娃，灰色氣體掙扎著要從她手中溜開。她輕輕搖晃著手，哼起幼稚園學來的兒歌，灰色氣體漸漸散開，她才看到妹妹小嬰兒模樣搖晃著手腳。

她同妹妹散步，同妹妹說話，唱歌給妹妹聽……妹妹像活著，一天天長大，她大一歲妹妹也跟著大一歲，長成一歲搖晃著身子學站，長成兩歲可以走得很好，長成三歲表情更加豐富開始學跑，長成四歲已經能跳能滾。但後來她發覺妹妹似乎長不大了，永遠停留在四、五歲的模樣，等她國中畢業升上高中一直到大學畢業開始工作，妹妹仍舊那副模樣。

從自己小時候，她就覺得應該為這個妹妹做些什麼，即使在妹妹如泡沫消失在這個家之後，她仍然泡好溫牛奶要交給妹妹。她看得到一個模糊的身影趴伏在嬰兒房裡，她的母親要她別再這麼做，但她清楚聽到幼小妹妹的哭聲，從嬰兒房內嚶嚶傳出，彷彿催促著她趕緊去沖泡牛奶。她常趁著母親不注意泡好了牛奶，悄悄送到嬰兒房內，那蠕動的模糊身影及那如蜂般圍繞在一旁的嗡嗡哭聲才漸停歇。

母親見到五歲的她的失序行為，一度緊張地找小兒精神科醫生幫忙，醫生診療後安慰母親：「妳女兒因為太期待這個妹妹出生，心裡已經做好準備要迎接她照顧她，但是卻因為妳小女兒生病去世，所以讓妳大女兒期待的心一下子落空。加上雙親有意無意間透露出來的情緒，可能也會在潛意識影響到這個孩子的情緒，所以才出現這樣子的行為。加上這年紀的小孩容易出現幻想中的同伴，所以這可能是她自己幻想出來的情形。你們有時間的話多陪陪她，等她再大一點之後，這情形自然就會好轉，不用太擔心。」

母親按照醫生的建議多帶她出去走走轉換環境，來轉移她照顧妹妹的注意力。但當她六歲仍舊持續這行為時，母親哭著搶過她手中的奶瓶，狠狠砸往牆上，瓶子碎裂，牛奶流洩一地。母親哭得淒厲，她蹲下摸著母親臉上的淚痕，母親的哭聲掩蓋過了妹妹的嚶嚶低泣聲，她才驚覺原來母親在她面前散髮憔悴哭著。她抱著自己的母親，彷彿安慰著幼兒，嘴中說著：「乖乖！不哭不哭！妹妹不哭了，媽媽也不要再哭了！妹妹長大了，不哭了！媽媽也長大了，不哭了！」

七歲時，她的母親再度懷孕。她一直想要個妹妹：一個活生生而不是抱不住，只是遠遠躲在某個角落盯著她及父母親的妹妹。之後她多了個弟弟。每當從學校放學回到家後，她便常窩在嬰兒房內看著妹妹逗著弟弟玩，弟弟被逗得手舞足蹈地揮著自己小小的四肢。

十七歲的十月某日，一家四口出門北上，返家時高速公路塞車，弟弟和她在後座沉沉睡著，她在半夢半醒之間聽到前座母親和父親小聲對談。細碎斷續的聲音聽起來像夢境話語，電台廣播播報一則五福路大統百貨失火新聞，母親小聲問：「真的假的？」

父親安靜聽著廣播新聞，電台記者說得又快又急：「今天凌晨高雄市大統百貨公司，發生無名大火，據初步瞭解，疑似電線走火，警方現正在調查中，所幸無人傷亡……」

母親惋惜著：「本來還計畫下週末去那裡逛逛……」

之後，那棟百貨被評定為危險建築，他們一家再也沒機會去了。

時間流轉，誰也無法逆流，弟弟已經國小三年級她也進到高中最繁忙的時期，但妹妹卻無視時間的流動，依舊停留在四、五歲的年紀大小，妹妹常追在弟弟後頭跑，但長大後的弟弟再也看不到妹妹，偶有感覺便朝著某個方向直視好久，她曾試探著問：「那邊有什麼嗎？」

弟弟回答：「就一直有東西在那裡的感覺，怪怪的。」

高中畢業，大學聯考後選填志願時，她選擇了幼教系作為她的第一志願，她覺得自己有個責任，不能將自己的妹妹丟在那裡孤伶伶一人。她想著如果將來她成為幼教老師，那麼或許就能替自己的妹妹找到許多的朋友，甚至能陪著妹妹一起玩。而不會再看到妹妹孤單一人坐在緬梔樹下，趴伏著身子用嘴吹著氣，將一地的蛋白鵝黃色緬梔花吹到庭院牆角，又吹回來或是吹得更遠、更遠。

在弟弟大喊著：「這個秘密藏在我心中好幾年了，我覺得你們從來沒有瞭解過我……你們真覺得關心過我嗎？你們知道那種沒有辦法和家人分享情感的痛苦嗎？」這句話之前，她也把自己的秘密隱藏了很久很久，因為她怕說出妹妹一直還在家中這個秘密，會傷到父母親或許已經癒合的心，於是她把這個秘密珍藏在自己心扉中。

她就讀師範學院時參加了慈青社，在學佛及接觸需要幫助的弱勢團體的過程，覺得自己除了想為妹妹做些什麼之外，她也想為更多人做更多事。她把接觸的佛學帶進到家裡，父母親也積極跟著參與，她見到時機成熟，就在大雨剛過的三天，弟弟出櫃的前四天，告訴父母親自己藏在心中的那個關於妹妹的秘密。

「現在還在這裡嗎？」母親半信半疑問著。

她看著坐在小板凳上踢晃著腳的四歲妹妹，對母親肯定點點頭回答：

「就坐在那張小板凳上。」

母親紅著眼看著那空盪盪的小板凳，然後像是想起什麼似的，靜靜流著淚，父親只是看著窗外不說半句話。

窗外一隻蜻蜓停留在窗沿彷彿看著家中的一舉一動，幼小的妹妹察覺到這意外的訪客，跳起身跑到屋外追著蜻蜓跑，將小板凳給踢倒，「砰」地一聲，父親睜大眼，母親停住了哽咽。下一瞬間，那母親記起了哭泣且決堤大哭，父親緊緊抱著母親不說話，眼淚在眼眶中打轉，儘管父親再怎麼倔強將頭仰高，但眼中的淚水仍止不住而滿溢出來。在晶瑩剔透的淚水中，他們似乎同時見到了自己的二女兒在戶外追跑著，以四歲的姿態。

接著，她趁著父母親還沒平靜下來之際，把第二件秘密說了出來。

「我考慮了很久，爸，媽，我想出家。」

父母親愕然，他們在現實上已經失去了一個女兒，又要在這時刻失去另

反鎖房門的弟弟沒有回應。她說完進到自己房間之前，那血紅的液體如退潮般一下子全收了回去，她總算安心了點，於是她沉沉地陷進自己的床裡。

夢裡她還是七歲，幼小的妹妹三歲，而弟弟只剛剛出生，她坐在一旁像個早熟的母親笑著看著他們。畫面一轉她獨自一個人被拋棄進一座迷宮裡頭，她大聲呼喊，沒有人回答，她試著沉穩自己的呼吸，靜下後才發現自己處在百貨公司中。她從十六樓往下跑，樓層卻不按常理地變換著，十一、八、五、十七、十六……最後她停在十六樓不知道該往哪個方向。夢裡的她無助地哭了起來，彷彿回到十七歲的她聽到火燒大統新聞的那一年，她在後座偷偷掉著淚，卻不知道自己為了什麼而哭。

隱隱的夢中，她感覺一雙小小的手輕輕拍著她的背說：「姊姊乖！不哭不哭！」

三　再見旅人

那母親坐在屋內，一個可以稱之為幸福的家，一位認真工作養家餬口的丈夫，兩名在外人眼中天真活潑年輕有為的孩子，一女一男。原本她應該有三個孩子，而那懷孕十月的胎兒，出生不過幾個月就如人魚公主般變成泡沫，消失在他們的生活。那段時間她一直以為，或許從懷孕到生下孩子到孩子過世這一段時間，只是一場黃粱夢，她一直說服自己從頭到尾其實只有一個女兒。而當孩子逝去之後，她見到為了那新生女兒所準備的各式用具，那些東西一旦印上眼簾，便讓她腦海浮現兩小手張握時的可愛模樣，而自己卻再也握不著那小小拳著的手。當她刻意將所有東西藏好，當做一切沒發生之際，她腫脹而滲出奶水的胸部卻隨時如針扎般提醒著她。

「不過那都過去了。」她此刻喝了口桌上的紅茶，如此嘆息著。逝去的女兒只是那段時期的問題，現在她所面臨的，不該是不存在的，而是眼前的。兩個問題如碩大鮮明的看板，隨時提醒著她，一個指向女兒要出家，一個指向兒子的出櫃。

女兒在外表上像年輕的她，美麗且聰慧，她一直以有這樣的女兒為榮，反倒她覺得兒子在心靈上更像年輕的她，敏感而纖細，她總是偷偷替兒子擔憂著。在女兒的臉上她偶爾會瞥見那旅人的身影，好比微笑的樣子，說話的神情，她一直以為只是錯覺。在一次工作聚會上的偶遇，她再次看見那旅人，她與旅人坐在悠悠蕩蕩的咖啡座中，兩人沉在咖啡香氣裡一起跌進回憶的洞穴。

離別時，她看仔細旅人的眼、旅人的鼻翼、旅人的唇以及旅人偌大的耳廓，她彷彿見到女兒的原型。她沒敢說，那是她的秘密，但又想確定些什麼。

離別前，她隨口說：「下次我們家要辦個小型的聚會，如果你有空可以來參加。」

旅人沉穩點頭，兩人交換了名片，他的手指仔細、有分寸地，以不小心的姿態輕握了她纖細的手指，她的手指不捨，以緩慢的手勢退了回來，繼續問著：「嫂子不會介意吧？」

他挑了眉毛，只是笑笑著答：「兩年前就離婚了，孩子也大了沒有歸誰的問題，現在是孤單老人一個。」

當他說這句話時，他把自己的身體又移近她些。此刻，他離她很近，只要再一步就像過去般的近。她很開心，但沒說，接著兩人說完再見就各自走遠了。

她回到家見到女兒睇凝著窗外的花圃，她隨意聊天：「今天見到一個好久不見的朋友。」

女兒繼續看向窗外說：「媽，聽妳的口氣好像很開心的樣子喔！」

她看著女兒的側臉，突然浮現那旅人的臉，她沒回女兒的話只是靜靜看著她。

「媽，妳一直盯著我看做什麼？」女兒抖動鼻尖像個小女孩撒嬌般問。

「看妳都長那麼大了，媽媽覺得妳越來越漂亮。」她走近女兒掐了掐她的鼻子，繼續說：「怎麼都沒有聽妳說有男朋友的事啊？小心年紀再大點就沒人要！」

「媽，以後我不想結婚。」女兒淡淡地說。

那時她也沒多想只是笑著，一直到前幾天，她那益發美麗的女兒說了想出家的話時，她終於把所有女兒當時所說的點連成一條線。那些線把她給綑住了，緊緊地，有點不能呼吸。

她重逢那旅人一年多了，在重逢的一個月後，她依慣例在家中舉辦聚會，部分是為了工作，部分是為了私交，邀請了他以及幾個同事和生意上的夥伴來她家。她注意著他的神情，在他見到她引以為傲的女兒時，他的表情抽搐了一下像是發現什麼般，他話語中帶著點發抖說：「哇！好像見到二十多年前的妳一樣！真是同一個模子刻出來的。」

女兒聽到他們的話語只是笑笑。

她注意到那旅人經過屋內的鏡子時，被鏡子中的自己給吸引住，仔細端視著，然後將眼神以不讓人發現的動作落到她那美麗的女兒身上。他似乎發現了什麼，她的心跳加速。

「他發現了嗎？」她心裡想著。

但是他只是將垂下的幾根頭髮又重新對著鏡子撩上。

他什麼都沒發現。

她的期待變成某種不可言喻的憤怒，像把火，在心裡小小燒著，不旺，但就是持續。她知道這男人還是一樣，眼底只有自己，沒有其他。所以可以自由來去，像隻鳥，不會被困在哪裡。

由於工作上的關係，她和那旅人有不少的應酬機會，當然大多數的時間都只是彼此的私人邀約，他們閒扯瞎聊，但從來不聊過去的那一段情，就算話題沾上了點邊，兩人也迅速以其他話語帶過。她知道自己有個可稱之為幸福的家庭，在別人的眼中是，在自己的眼中也是，只是有一點小小的問題。她試著去說服自己女兒和兒子的事並不是大問題，如果與正考慮是否能拋家棄子的她來作比較的話。

她坐在屋內看著庭院中的丈夫。從工作崗位上退休下來後的丈夫，突然一反以前對任何事都溫吞的態度，開始對日文有濃厚的興趣，並且決心計畫要去日本自助旅行。丈夫也曾經問過她的意見：「淑雲，妳想看看我都退休了，妳也該早一點做好打算，不要再那麼忙了。孩子大了，家中的花費也少了，就算妳不工作，我的退休金也夠我們兩個人養老。不如妳請個長假，我們一起去日本走走如何？」

當時的她找了許多的理由搪塞，她拋不下工作，更拋不開那旅人，自此之後就沒聽過丈夫再提及這件事，但丈夫的書房內擺滿了各樣從網路印製下來的資料，或是書局中買回來的旅遊參考書藉，且一張偌大的日本地圖就釘在牆上的軟木板，上頭插著不同顏色的圖釘，那是一個大計畫。不讀日文書或研讀資料時，丈夫便到後院修整花木。丈夫固定替庭院的花卉施肥，緬梔花被她丈夫養得異常的嬌豔，看上去花朵既多又大，香味也濃郁。偶爾風吹過樹梢的幾個夜晚，她都誤以為沙沙的樹葉聲是哪裡傳來叫喚「媽媽」的聲音。

「ㄨ……ㄇ……ㄚ……ㄨ……」二女兒剛走的幾個夜晚，眠夢中，黑黑的灰色小手化成千萬將她緊緊攫住。她聽到哭聲，似乎喊著媽媽，她掉著淚，只能在夢裡哭著說：「對不起！」醒來後，身上有著小小的紅點，像蚊蟲咬，更像咬痕。

她打開窗戶，一縷花香順著風攀爬進她的鼻末，桌上擺了壺紅茶，她替自己倒了一杯，紅茶旁邊就放著一杯牛奶。紅茶給自己，牛奶給逝去的二女兒。從聽了大女兒告訴他們這件事之後，她就深信不疑，尤其那把只有三腳半的小板凳因風倒下，她心裡潛伏許久的愧疚感便不斷自內心深處如浮升的水泡般冒出水面。在這之前，小板凳也常因風大不穩而倒下，只是大女兒告訴她們這件事時過於湊巧，讓她不得不難過且堅信起來。

「原本應該有兩個女兒的。」她一度也曾這樣埋怨過。不過很多事情發生了，總是會過去，就算企圖以自己微弱渺小的身軀阻擋在前頭也是無濟於事，只能任由時間之流以緩慢或巨大的形式流過自己。再痛也得忍，或試著把自己的心挖成空洞，學習無感。

失去二女兒之後，她和丈夫溝通好，服用一段時間的避孕藥，丈夫也跟著配合使用保險套。二年多後，丈夫在黝黑的夜裡抱著她輕聲問：「雯雯也到了讀國小的年紀了，但還是常見到她自己一個人玩沖泡牛奶的遊戲，且常到『那房間』……」她丈夫停頓了話語。

她知道「那房間」所代表的是什麼意思，她丈夫繼續說著：「有時雯雯會一個人像追著什麼似的，在被風吹滾動的緬梔花後頭追趕，或是呼喊著誰一樣。」

她點點頭，那個情形她也看過許多遍，在她的腦海中像不斷倒帶又播放的影片。

「隔兩年多了，我們再試試看，讓雯雯有個妹妹或弟弟來轉移她的注意力；再來，雯雯也夠大了，可以幫忙照顧妹妹或弟弟；加上，如果有緣的話，說不定那早夭的女兒會想再回到這個家裡來也說不定。」丈夫的聲音開始哽咽，他們只是靜靜地抱著對方，不安慰彼此也不再多說些什麼，但丈夫的話語卻深深打動了她。

她想再感受生命在自己體內慢慢成長時的感動。

隔年，她生了一個男孩。果然女兒不再獨自玩耍，她專心照顧自己的弟弟，半夜弟弟哭鬧，在他們夫妻倆還沒有被擾醒之前，女兒已經以如同一個小母親般熟練的手法，替弟弟沖泡好溫牛奶，換好尿片，哼了幾首從學校剛學來的歌曲，等弟弟沉沉睡去，才回自己床上。她偶爾會在月光灑落整個房間時，看女兒俐落地做好這些事，像是欣賞某一場默劇演出一樣，不敢出聲打擾只是靜靜觀賞。

如今，那照顧人的小女孩不知曾幾何時一下子就長得亭亭玉立。女兒心靈上比她成熟比她更老，她還困在過去逃不出，女兒已經走得老遠。女兒有著弘願想要幫助更多人離苦得樂，她怎麼能對女兒說不？但又怎麼捨得讓女兒受苦？

她猶記得生雯雯那一年，孩子不過個把個月大，台灣的國際局勢卻緊張起來。彼當時美國宣布與中華民國政府斷交，原訂的民意代表選舉被中止，全國人民都頹喪，一日義仔跑來家中約丈夫一起去抗議。

「不能再忍吞下去了……」義仔氣憤說著：「申請遊行沒通過，我們一定要拚下去，大家相約去抗議。」

「昨天在壽山那發傳單的都被人捉走了，你們還要去抗議？」她擔心勸阻著。

「嫂子，你沒聽許信良說『台灣人民自己決定自己的命運和前途』，我們自己都不顧，誰人會來顧？」

「這……」她還要說，但不知道該不該說。

「義仔算我一份！」她丈夫開口。

那晚她背著丈夫睡，像鈴鐺般啜哭著，她丈夫想說什麼，卻什麼都沒說。她只說了一句：「你要我沒依靠，雯雯將來跟你一樣沒父親就是了。」

隔天，看丈夫窩在家裡逗弄著雯雯，她才安心地把被單拿出去曬，陽光暖暖蓬鬆，像棉絮，烘得她舒服瞇著眼。

睜開眼，時間一下就過了。「咿──呀──」，通往庭院的門被拉開，女兒從外頭走進屋來，女兒坐在她身旁的椅子，也替自己倒杯溫熱的紅茶，把桌上那杯牛奶遞到窗沿。一陣風裹過整片的緬梔花，吹向靠窗的牆邊，她聞到緬梔花的香味，見到風將杯內撩起一陣陣的小漣漪，彷彿見到一個小女孩在窗外踮著腳尖，嘟著嘴啜飲著杯中的牛奶。

四 寂寞山茶

那父親在庭院裡頭種植許多花卉，有只在冬天開著豔血色調的日本山茶花，還有花形碩大而顏色細緻、香味嬝繞的緬梔花，作為樹叢圍籬的七里香，庭院內鋪滿綠茸細緻如毛皮的草皮，放了幾塊石板可供踏越。其中，那血紅色的日本山茶花是他的最愛，從他有記憶以來，老家的庭院也種著幾株開啟時如滴血般的日本山茶花，每到冬季那火紅色的花便化身數個小太陽掛在綠色的樹身。等他建立了一個屬於自己的家後，仍念念不忘那些陪他度過童年的日本山茶花，像火苗般燒烙在他腦海裡。每每他回到老家，總和他年邁的母親坐在庭院的迴廊處看著血紅色的花，後來他將山茶花分了枝帶回自己家栽種，種了幾年如今也健壯成樹。而母親家的幾株山茶花卻因為幾次的水災、風災甚至乾旱以及人為的毀害，而只剩下最後一株。

印象中，幼年時和他尚年輕貌美的母親坐在庭院的石椅上，母親指著眼前的日本山茶花，突然冒出一句像是自言自語的話：「那是你多桑從日本帶過來的。」當他想再繼續追問時，母親便封了口不再說。母親的話像是神諭，機關偶爾悄然被開啟，但至此之後一直到現在母親青春老去，仍沒再透露過任何關於他身世的訊息。

不過其中的流言也時常故意或不慎地流入他的耳內，他聽過的版本太多已經分不清哪個是真是假，從小那些話語總會像成群的蜂一樣緊追在他的後頭，讓他不得不抱頭逃得遠遠。

「阿和，我媽說你是私生子。」「哈哈哈！你是雜種雜種！」「你是你娘跟日本鬼子生的小日本鬼子，滾回你老家去吧！」「聽我阿爸說你親生阿爸是日本人，戰敗就滾回去日本啊！你阿母怎麼那麼不要臉又嫁給台灣人？」

那些話語像被無形的線牽著，一字一句被扯入到他耳朵裡頭，一開始他聽到這些還會哭鬧，同那些人打架。再來，就麻痺了，任由那些人說著，彷彿他們說的都是別人家的故事。說的人雖然起勁，可一旦看到他沒什麼反應，久了也就不說了。

在聽到那些話語之後，他總算知道為什麼父親只對他的弟弟、妹妹們笑臉，對他卻是正眼也沒瞧過。弟弟妹妹有書讀，他國小畢業就早早去打工賺錢；弟弟妹妹隨時有父親帶回來的糖吃，他只能看著那鮮麗的彩色糖衣，央求弟弟妹妹讓他能舔上一兩口就滿足；弟弟妹妹們過年有新衣新鞋新帽可以穿，而他卻總是身上那一套衣服磨到舊，補釘到不能再補，才能拿弟弟妹妹不要的衣服再改大些。

父親從來不管他也不罵他，更視他為無物。小時候他常做的事就是和母親兩人靜靜坐在長廊外，聽著風吹過長廊的迴音，以及看著那一樹的紅色山茶花。弟弟、妹妹們常常在院子裡嘻鬧著，坐在書房的父親偶爾會探出頭來從二樓看著在庭院嬉戲的孩子們，但只要他的眼對上了父親，父親便會撇過頭繼續看桌上的書。對於自己的身世，從那些殘言片語中拼湊起來，也成了一篇鉅細靡遺的故事：他原本的父親是個日本軍官，他的母親是地方閨秀，那個年代軍官配小姐就是政治與經濟的完美結合，年少母親的多桑得意地要嗩吶聲震響震醒整個地方，想著好日子就要來了。

至於年少的母親愛不愛那個日本軍官？

有人說愛。

「看他們常常花前月下，美雪啊像隻小鳥一樣倚在那個日本軍官身上，那個日本軍官一動也不動像根木頭一樣直挺挺把美雪擁在懷裡。」

有人說不愛。

「只為了圖方便，他多桑做生意總要一些關係打通關，這是利益結合的婚姻，常看見他們兩人即使站在那裡幾十分鐘，卻一句話也不說。」

不管愛不愛，那時的小姐嫁了日本軍官之後就成了軍官太太，接著懷了身孕，一個月的身孕依舊穿著小姐時代的洋裝，又過了兩個月，全部洋裝都罩不下之後，他美麗動人的母親才換上普通舒適的衣服。好景不常，又過了一個月，日本戰敗，據說當時那日本軍官急速被調回。這事情發生得極快，在他不經世事的母親還沒會意過來之時，家產便被充公，接著年少母親的多桑投了河。有人說，他母親原本想跟著投河，但或許還抱著一絲希望，於是有人半夜看見懷著身孕的母親偷偷越過那條橋，跑到鄰村一個讀書人家裡。

那個讀書人一直愛著他年少美麗的母親，讀書人是鄰近村莊的孩子，也曾經上門提過親，但因身分地位不合，被年少母親的多桑一口回絕掉。於是那讀書人更加發憤讀書，別人要幫他介紹婚事他也不理，最後當上了村莊裡的第一名教師。有人說聽見過橋那晚她哭著求他，隔幾日，他便幫她辦了場漢式婚禮。她身上穿的禮服特大且突兀，大家都知道為什麼。喝了交杯酒，母親嫁給了他幼年記憶中的那位父親，六個月之後他就出生了。從此，那些話語如綑綁在他身上似的，每個人看見了他就要從他的身上抽出一點線頭在手上把弄玩著才甘心。線越拉越長，常常把他綑得不知該如何是好，而那些人手上的絲線一拉一放就把他轉得昏頭。

小時候的印象，父母親從不吵架，只有一次，父親提議要將他送到城市裡的小學去讀書，要他離家住，他美麗依舊的母親不肯，死命抱住年幼的他。那一晚，他父親將氣出在母親移植過來細心照料的山茶花上，把一樹又一樹的山茶花一刀半截全都砍成了半桿光禿禿的茶樹幹杵在庭院裡，像一個個的木樁。父親將砍下的山茶花枝葉引了一把火，火焰照得父親紅通通的，透過窗戶他只敢小心地看。一直到新月被飄過的雲頭給遮上，火焰逐漸熄滅冷卻，而後化成一縷煙，緩慢地匍匐到半空中然後生藤似的不斷拉高，接著消失在天際。

後來父親撂下狠話：「就只給他讀到小學畢業。我一人工作，養五個孩子和妳，加上一個不知哪來的……」他父親頓了一下，瞥見頭髮豎立像刺蝟的母親，要衝上去和父親拚命似的眼神，於是沒接下去原本的話語，只留下一句：「以後不工作就沒得吃。」

隔年春天那些成了木樁的山茶花有一株倖免地活了過來，他依舊和母親坐在那裡等著它開花，母親曾喃喃自語：「他說冬天過了就會回來了，開了花他就會來接我們了。」

他當然知道母親口中的「他」所指何人，但他們已經在這庭院中坐了好幾個年頭，那山茶花也開了好幾年，「他」從來就沒有出現過。母親嘴裡哼著歌，是他不知道的語言，那曲調悠悠蕩蕩充滿了往日情懷，常一陣咕噥之後就見到他母親落下兩行眼淚。關於多桑這件事情他也只聽過望著山茶花的母親，唯一說過一次：「那是你多桑從日本帶過來的。」

他當時就知道母親口中的多桑絕對不是現在的這個父親，因為那語氣充滿了眷戀和回憶。

分了枝的山茶花在他自家的庭院一樣的美，但沒有和逐漸年邁母親一起看時的美，所以他常回到老家陪母親看著那一株獨留在庭院的山茶花。像小時候一般，他依偎著母親，母親靠著他，這世界彷彿只剩下他們母子倆。每當他回到老家，他年邁的母親習慣泡上一壺茶，是她最愛的頂級烏龍，舒展開來的茶葉在茶壺裡綻放，味道和香氣全一下子擠進鼻內，碟子上擺了幾樣點心，等著誰來用。屋內總是傳出電視綜藝節目主持人的嘻鬧聲，日文不斷從小小的四方螢幕傳出來。

一日，他年邁的母親突然對他說：「我一直覺得自己像這株山茶花，被遺棄在這，砍了一刀不死繼續苟活著，周遭的花不知曾幾何時都已經不在，只獨留這一株。如果改天我死了，記得把這株山茶花一起送到我的墳前，讓它繼續陪著我。不然，我走了，它就寂寞了。」

風吹動山茶花，山茶花搖晃著枝葉，紅花像興起的小火映入他的眼簾，那小火逐漸渙散成一片，他對不準焦距，藉故回到屋內，背對著母親看似寂寥的背影拭著淚水，越是擦拭越是止不住地流。他替看起來單寒的母親拿了件小毯子出來，披在母親的肩上，母親年老的皺紋讓他快要認不得。記憶中的母親很美很美，是別人口中的大小姐，走起路來直挺挺的。當他被人欺負哭著回家時，氣質出眾的母親告訴他：「就算被欺負，也要抬頭挺胸，不要讓別人瞧不起。」

後來，他就不再哭了，走起路來也挺直背，眼睛直視著前方，他母親一日笑著對他說：「真像個好軍人！」

他小學畢業後工作了兩年，當老師的父親因肺炎死了，家中的經濟也因為父親的病而被拖垮，母親賣了當初為了逃往日本而私藏多年的黃金還是不夠，後來下葬父親的錢是借來的。他繼續認真工作，曾經是大小姐的母親也接了些手工來貼補家用，母子倆用體力用時間換來弟弟妹妹的安穩長大。當弟弟妹妹大到開始工作，年華逐漸逝去的母親幫他引了一門婚事，他順著母親的意思娶了鄰村的姑娘。婚後九個月女兒就落地，他和妻兩人專心奮鬥要掙一間自己的小窩，可供彼此遮風躲雨及養大孩子的小窩，於是兩人計畫性的節育。

工作了四年的錢足夠付買房子的頭期款，那時他的妻正懷第二胎，等二女兒誕生，一家四口就搬遷到新屋。原本就體弱的二女兒身體狀況日漸變差，幾個月後離他們而去，他的妻不知從哪個江湖術士口中聽到：「妳家帶的煞氣太重，這庭院一定要種些花草來遮陽避煞，不然以後一定會延伸出來許多問題。」

他順妻的要求，種了緬梔，圍了七里香樹籬，又把老家的山茶花移枝過來，栽種了草皮把庭院弄得生氣盎然。二女兒過世之後，夫妻兩人繼續努力賺錢，但大概少個人陪大女兒，她習慣一人玩，且時常幻想早夭的妹妹在屋內哭著，甚至泡好牛奶到那間育嬰房要給已經不在的妹妹。

由於女兒自言自語的情況日益嚴重，妻帶女兒去看小兒精神科醫生，醫生的說明和他所想的大同小異，要他們夫妻倆多陪陪女兒。但為了剛買下的屋子，他和妻無法撥出時間日夜照看女兒，過了兩年，大女兒卻依舊常一人獨自說著話。那一夜，他與妻討論應該再生一個孩子，妻同意，一年後，他們有了一個兒子。

他看著自己的兒子，人人都說女兒長得像媽媽不像爸爸，他倒不是那麼在意，因為女兒的確如妻一樣聰慧又清麗脫俗。而兒子彷彿複製他的神情，說話的聲音和笑著的樣子幾乎都一樣，只是比他更倔強固執，和誰都隔著一道牆。雖然沒見過親生父親，但相信自己必定也長得像他沒見過面的父親，或許哪天在某地有人會對他說：「你是某某某的兒子吧！」他覺得血緣這東西決不會因為距離而消逝，他這麼想，心裡就踏實不少。

幾天前，兒子在家中宣告著只愛男生不愛女生，他無法理解那是怎麼樣的情感，好好的女孩子不去愛？過去電視上不斷播送著：「雜交、愛滋、性行為氾濫、嗑藥……」等議題，他著實擔心著自己的兒子是不是已經成為新聞中的那種人。

兒子出櫃的那晚，他在枕邊問妻：「妳說我們要不要搬家？」

妻含糊地問：「為什麼？」

「怕多年鄰居知道會說閒話。」

妻卻一改初聽到時的反應回說：「再怎樣也是自己的孩子，別人要說什麼哪管得了那麼多？」

當兒子怒吼著大家都不瞭解他的那一晚，他不禁想到自己小時候，一天總算忍不住內心的激動問母親：「我親生多桑在哪？」

他的聲音順著巷弄跑得老遠，他知道老是躲在二樓書房從不正眼瞧他的父親一定聽到了，況且自己內心深處或許一部分也是喊給書房內的父親聽。

母親唯一也是最後一次對他發著如雷脾氣，折下一截庭院裡的山茶花枝條，往他身上抽著說：「你父親就在屋裡，你不想認他是吧？他還不想認你哩！乾脆我帶著你一起跳河涼快去，一輩子都甭爬起來了，你說好不好？好不好？好不好……」

母親發了瘋似猛將枝條往他身上打，頭髮亂得隨風飄揚，似乎一陣大風就會將母親的頭拔起，兩手揮打的母親像顆陀螺原地旋轉。他顧不得母親不斷的鞭抽，緊緊抱著母親，把所有心裡剛吐出的委屈和怨恨又撿了起來吞進肚子裡，哭著說：「媽，是我不對，妳不要生氣了，妳不要生氣了，我不會再問了，不會再問了。」

雖然苦澀，但他就是心甘情願，且從此不再提過。

想到自己孤單不被瞭解的童年情景，他不想讓兒子同樣遇到，隔日上班前他寫了張紙條放進信封，裡頭塞了兩千元，從房門縫遞了進去：「好好讀書，不要想那麼多，是什麼都無所謂。父筆。」

他還記得一家四口出遊，二十多年前他騎著機車，最前方是兒子，身後是妻，妻和他的中間夾著女兒。一家從前鎮出發路過稻田，行經漫天塵沙的高雄市區，繼續前行好一大段路才到池邊，池上閃爍著金光，一龍一虎張大著嘴，背駝著塔，嘴吐出橋。十歲的女兒牽著三歲的兒子，他和妻在後頭跟著，雯雯要拉著阿弟進到龍口，阿弟哭著喊：「我不要啦！會被吃會被吃。」

黝黑的龍口內，像是沒有止境的黑暗入口。

無論怎麼哄騙，兒子的個性直拗，僵持不下。他安慰著兒子：「我們到老虎那邊等媽媽、等姊姊好不好？」

妻和女兒進去，他帶著阿弟繞到另一邊，在明亮處緊盯著，等待漆黑的嘴內吐出他的妻和女兒。時間彷彿被施了魔法緩慢了下來，他盯著錶面，細細聽著一秒一秒的滴答聲，似乎變成滴——答——滴——答——滴——答————，時間被人惡意的調緩，阿弟安靜地盯著池面，他則不安地朝出口內的黑暗探望。

會不會真的消失了？他緊張。他已經消失了一個多桑、一個父親，他不想再失去任何人。他強拉著兒子要往裡頭走，阿弟放聲哭著不肯進去，妻和雯雯像被阿弟的哭聲魔法給召喚，自虎口緩緩走出，一大一小的身影朝他們而來。他不知道為什麼，覺得此刻幸福得想哭，當還這麼想，臉龐已經一陣熱。

妻溫柔抹去他的淚，想到母親常在他受委屈哭泣時，沒有安慰只是靜靜擦拭他的淚。他強迫自己在各個階段成為一塊海綿，沉在人言之海的深處，安靜且被迫吸收那些話語。他知道自己沒得抵抗閃躲，只能任那些流言來穿過自己的身體，再出去，只要穿過一次，有了洞，就不怕了。

小時，他不想聽，與其面對真相不如逃避得遠遠；老了，他倒把那些話一一肢解，渴望從曾經聽到的隻字片語，能溯源而上一探自己的身世之謎。

五　我等著你回來

陽光底下銀絲閃著光芒，她安靜坐在廊前，風吹過，屋內傳出像是誰的腳步，她緩緩轉頭，渴望著誰的出現，卻誰也沒有。

收音機伴她好多年，傳來一遍又一遍低沉唱著的老歌，「我等著你回來，我等著你回來，我想著你回來，我想著你回來，等你回來讓我開懷，等你回來讓我關懷。」

她最早的印象，好久好久以前的回憶，卻感覺離她好近。她的父親在外人面前總操著日本口音，他們是正統標準的「國語家庭」，門口貼著一張證書，像是販賣假血統證明，鄉人表面尊敬，背裡卻說了不少。家裡的廚房擺在大院的最裡處，父親總要躲在這把傭人都支開才能安心地說台灣話，但出了門一家三口又得模範地以標準日文對談。

她三歲，梳成日本娃娃頭，母親帶她出門，誰見了都說「卡哇伊」；她七歲，每逢新年母親帶著她到神社感謝神明一年的照顧，平常生意往來的日人總笑著點頭對母親說：「真的和佐藤太太長得一樣，都是美人。」

母親頷首回禮，她在母親手上像被操控的傀儡，見人就笑禮貌問好。父親從外頭請了日本先生來徹底日化整個家庭，怎麼做怎麼吃怎麼說話家中擺設該如何，全都按照先生說的做。

十二歲，她第一次遇到那個叫做陳士葆的男孩，當時她不知道男孩叫什麼名字，但只要有她的地方就會經常發現陳士葆的存在。男孩的眼神充滿母親看父親時的眼神，那是崇敬那是愛，她心裡浮現這些離她很遠的字眼。

她對他正眼微笑，男孩跛著一隻腳逃得遠遠，只敢躲在暗處偷偷瞧。

一次母親帶她外出購物，在湊町時又見到熟悉的身影，男孩悄悄接近，禮貌說著：「小姐妳好，我叫……」

她沒聽清楚就被母親拉走，母親用日語交代著，在外面不要跟其他人用台灣話交談。

一年一年過去，陳士葆永遠躲在陰影處對她招呼，趁空檔塞了信件到她手中，她緊張藏入手巾內，怕被誰發現。回到家攤開信件大半字體都被濡濕模糊，不知是陳士葆還是她的汗。清楚的字體她一字一句讀進心底，不可辨的她用想像補足。

十五歲的一日，父親又醉醺醺回來，母親總算按捺不住脾氣，衝向前問：「你每晚都那麼晚回來，交際應酬去哪裡？這個家還顧不顧？」

「囉嗦，不會用日文嗎？」父親攤著身子不耐煩地用日文回答。

「做日本人有什麼好？你再裝，還是台灣人。你知道外面的人怎麼說你？說你台灣人不做，去做日本人的狗。」

「去死！」父親邊以日文說著邊甩巴掌狠狠烙在母親臉上。

那天起她母親倔強著不說半句話不吃半點東西，很快就病垮。躺在床上的母親蒼白著臉像死了，跟她手中的日本娃娃一樣，沒有生氣，抿著嘴，像在對誰發脾氣。

她在床前以日文哭著說：「媽媽，拜託妳吃點粥吧！」

母親嘴巴動著卻沒說出聲音，從嘴形她可以讀出母親說著：「做日本人有什麼好？妳欲做……」

她的母親微弱舉起手摸著她的髮，閉上眼，此後不再醒來。

她在家裡偌大的空間裡，時常聽見哪裡來的聲音，像是母親的哭聲，嗚嗚嗚地響著，回過頭，誰也沒有。她甚至在心裡祈禱母親的怨靈在家裡徘徊遊蕩不去西方極樂，這樣至少能見到母親，但一次也沒。

「你為什麼不回來，你為什麼不回來，我要等你回來，我要等你回來，還不回來春光不再，還不回來熱淚滿腮。」

才十六歲，男孩託叔母來提親，男孩叔母才開口：「徐桑，阮厝的……」

「你在說哪國話？哪裡來的無禮傢伙？」他父親邊說日文邊把他們趕出去。

「徐桑，你這個人怎麼這樣？……」

男孩瞧著從屋內探出頭的她，不甘地大喊：「美雪妳等我，我會賺大錢來娶妳。」

「像個笨蛋一樣。」父親以日文說著。

她躲回房內，心裡怦怦跳著，如果母親還在或許還有人可以商量，母親不在，她只能一人胡思亂想。但沒多久，生意逐漸不好的父親到處請託別人幫忙引薦相親，很快地她嫁給一個全然陌生的男子，男子看起來英姿，沉默寡言，是個軍官，父親為了搭上這條線還花了好大一筆媒人費。軍官似乎很滿意她，她嫁了過去，名字從「佐藤美雪」改成「柴田美雪」。父親的生意又有了起色。

軍官對她溫柔，這些她從來沒有在父親身上得到過，一直以來，她覺得自己父親只把她當成商品的一部分。軍官噓寒問暖，家裡所有大小事有其他人幫忙，她需要做的就是和其他日本婦人交際，還有陪軍官坐在庭院看著一樹樹的日本山茶花。

軍官說他要這些山茶花在這塊土地上扎根。

幾株山茶花變成一院子的山茶花。

風起，樹葉沙沙地搖晃，像小小細碎的掌聲，拍給她聽。

結婚一年她的肚子依然沒有動靜，軍官開始也不怎麼在意，但日本參加大戰的局勢卻越來越糟，越是糟糕的形勢，軍官卻一反常態地每天需索著。在漆黑的房內脫下軍裝的男子對她溫柔，嘴裡說著愛的咒語，而她的肚子開始隆起。軍官越來越晚回家，電台廣播著天皇的宣言要大家齊心為國，不久日本電台傳來原子彈炸毀長崎廣島的新聞，再過幾天天皇宣布無條件投降。路上反日氣氛濃厚，有人說大陸蔣介石要派人來接收台灣，一些日人早早逃，她想想局勢不對，收拾行李細軟打算跟著走。軍官依舊沒說話，月光下兩人並坐一起，風輕輕吹，她先開口問：「我們什麼時候走？」

「不是我們，妳要留下來。」

她以為自己聽錯，「為什麼？」她發抖，強壓著怒氣問。

「對不起，我不能帶妳一起回日本，我在國內……我在國內已經有妻子了。」

「那又為什麼……」她亂了心智，不知道該問哪些。

「對不起！」

「為什麼說對不起，你告訴我為什麼……」

「你父親說沒關係。」

「我父親知道？」

「他說我一人在台灣沒人照顧，說願意讓自己的女兒照顧我。」

「所以我父親知道你已經結婚了？」

軍官看著月光沒再回答。月光一瞬，等她回過神，已是多年以後，身旁的位置空了好多年，山茶花死了好多，只有月光一直都在，伴著歲月慢慢將她的黑髮染白。她沾染了一身的月光，覺得自己離死不遠了，常常睡夢中聽到年輕時軍官輕輕喚著她：「雪ちゃん！」

長長的走廊底是濃稠的黑暗，回過頭，誰也沒有，但她總想，他對不起她，所以躲在暗處不肯出來，她對著暗處罵：「你就顧著你自己？沒有想到我們母子？」

烏雲將月光掩蔽，將她的髮再染黑，她又回到那時，軍官愣愣看著身旁的她問著：「什麼母子？」

「三個月沒有來了。」

「妳是說我要做父親了？」

她冷冷回答：「你不會是父親，我會帶著孩子去死。」

「雪ちゃん……」他拉著她的手。

「你回去吧！就當我們母子從來不存在過。」

「我……」

「你走吧！」

「不，我不走，我要留下來陪你們。」

「你不走才會死。」

「沒關係我不怕。」

「你死了，肚裡的孩子就真的沒有父親了。」

軍官不知該說什麼，重重嘆了口氣，「雪ちゃん……」

她默默低頭流著淚，一隻大大溫暖的手把她擁進懷裡，「雪ちゃん，妳好好活著，等情勢穩定，我回家鄉交代完了，下個冬天一定回來接你們母子。你相信我，就算我死了，也會回來陪在你們身邊。」

「什麼死不死，你不要胡說。」

「我會回來的，這孩子是我柴田家的孩子，妳是我柴田家的人。內部已經把離開的船艦都備妥，過兩天就要啟程了。」

「你自己小心！」她站起身來，拍拍灰塵，但沾上的哪有那麼容易甩掉。

「雪ちゃん！」

她沒回頭，開門關門，在黑暗處她才安心哭出來，「我會等你回來的。」她對著自己說。

「樑上燕子已回來，庭前春花為你開，你為什麼不回來，你為什麼不回來。」

黑暗處，有人叫著「徐美雪」，她東張西望，伸手不見五指的地方，這是哪裡？對了，是水。她努力呼吸浮出水面，在夜裡凍人的河水中死命攀住岸邊的草，使勁將自己拉起，她大口喘著氣，放聲大哭。哭聲在河岸空盪盪地漂流，暗處的生物被驚動而四處逃竄，黑壓壓的景色，像那群誓言要將日本鬼子抓起來的人，一些自治團的人阻止，一些人誓言要討回公道。

她跟在父親的後方逃，父親說：「美雪，妳陪著父親一起走吧！」

她被父親強迫拉著走，跌了又被拉起拖著走，父親拉著她的長髮往河裡深處走，她伸手掙扎卻敵不過父親的力氣。父親瘋了般說著：「被那些蠢蛋打死，不如我們父女倆乾脆一點。」

「多桑，我有了，我有了你的孫子了，我不想死！我不想死！我死了我們徐家就絕後了。要死……」

她那句話未完成，河邊一個窪陷，父親整個人沉了下去，父親的手卻似乎有意地鬆開了。河流湍急，她站不穩而倒下，嗆進了水，手裡划著死命抬高頭，遠方的月光讓她想到軍官也讓她想到陳士葆。她要活著，她告訴自己，要等到軍官來接她的那一天，她會再度穿上和服，小鳥依人跟在他身後，手裡牽著他和她的孩子。

而陳士葆會是這亂世潮流中她唯一可以緊抓不放的浮木。

「媽！」回過頭，一個頭髮鬢白的人對她喊著：「媽？在想什麼？」

她低下頭，才發現手邊的茶已經冷了，茶水裡映出她年邁的身影。

「沒。」她看著眼前的山茶花，幾十年過去，只剩下這一株了，像自己。

「阿和，過幾年媽不在了，記得把這株山茶帶到我墓邊，孤零零的……」

「媽！妳不要說這些有的沒的，妳會活百二啦！」

「家裡還好吧？」

「媽！我和淑雲商量過，家裡小孩也很贊成，妳過來和我們一起住好不好？妳一個人住這邊，我們很擔心。」

「我要在這裡等他。」

「媽！」

「我欲在這裡等他，看他講的話有準算某？我要在這裡等他。」

「媽……」

她回過頭，孩子還小夜半哭著，她要起身照顧床上的兒子，陳士葆壓身過來，兩手在她身上游移，讓她沒機會離開，邊褪下她的底褲。

「不要！小孩在哭，我要過去看看。」

陳士葆繼續動作，不打算停下，她弓著身子要離開床，陳士葆緊緊掐住她的下巴威脅：「妳給我乖乖聽話，不然我就把孩子掐死。」

她不再掙扎，任孩子在暗裡哭著，自己也默默流著淚。隱約中，有人在無光處看著她，黑色的身影輕輕晃動搖籃，孩子的哭聲漸歇。陳士葆整個人趴伏在她身上大口喘氣著：「早點生一個屬於我陳家的孩子。」

陳士葆翻身過去便睡，她緩緩起身到搖籃處，孩子甜甜地吮著手指安靜睡著。走出門，她從老家帶來的山茶花無精打采散在各處，她對著黑夜說：「你不是保證，山茶花開了就要來接我們母子？」

烏雲散開，月光又緩緩將她髮絲染銀，她覺得好累，直想好好休息，卻又聽到一個年輕男子叫她的聲音：「徐美雪。」

她轉頭，那個憨厚害羞的男子說著：「徐美雪，我是……」

她被母親拉開，男孩在後頭看著她。

「媽！」另一個年輕的男孩喊著，五官像魂牽夢縈的他，「媽！我親生多桑在哪裡？」男孩使勁喊著，她亂了手腳，折斷山茶樹枝，拚起命打他，誰知道那個負心漢在哪？這句話應該是她問的，連她自己都不知道他在哪了，她要怎麼回答兒子。

「……天氣涼了，多加一件外套……」軍官將大衣給她，她擁著大衣說：「你說，肚子裡的孩子該叫什麼名字？」

「嗯，好啊，女的叫雪櫻，男的叫平和，祈求和平。」

「你現在才來？我等你等好久了，你總算來了！」

「我父親從沒跟我說過，你……」

「你自己小心！」

「媽！是我，平和！」

她回過頭，兒子替她套了件小毯子，「媽！天氣有點涼，要不要進屋裡了？」

收音機音樂尾聲傳來：「我要等你回來，我要等你回來，還不回來春光不再，還不回來熱淚滿腮。」

她搖搖頭，她還要等，等到他來接她的時候，她一定會把這幾十年來的委屈怨恨都說得清清楚楚。月娘隱約躲到雲後，她閉上眼，似乎聽到那些形形色色男子叫著她不同的稱呼：「雪ちゃん」、「徐美雪」、「佐藤美雪」、「媽」、「柴田奧樣」、「柴田美雪」、「陳徐美雪」……

六　家族拼圖

攤了一地的拼圖，大男孩一個人躲在房間內，將一大盒的拼圖碎片從盒子中全倒出來，昏暗的燈光讓拼圖的色澤及圖樣差異模糊，他開著音樂以緩慢的步調慢慢試著從中找出些許線索。在二千五百片各異的拼圖中，尋出相同符合之處，將一片片的小碎片拼湊起來，常常會有出錯的時候，不過只要每天願意花一點時間來做這件工作，那麼日日都會有新的進展。不論多寡，總有進步的時候，只要每天都有進度，那麼就有能將拼圖完整拼齊的一天。而當拼圖拼湊完成之際，他相信「家」也能被拼湊起來。

從小到大二的現在，他覺得家裡本質上並沒有太大的變動，唯一稍有變化的就是父母親老了一些，而他和姊姊大了一點年紀。不過，最近他發覺家裡的人的的確確有某些差異存在，只是自己可能不曾真正去發掘、理解或在乎過。

他的姊姊比他大上七歲，他對姊姊陌生，縱使有話也是少許，兩人有各自的世界。姊姊不像年輕女孩談戀愛、愛化妝、喜流行，身體裡頭像被安裝個老人，靜靜地看著書、練書畫或讀經文。

他觀察姊姊的行為，大多時間她會將家中整理得一塵不染，除了去幼稚園上班之外就是坐在走廊、花圃或靠窗的位置，默默地看著外頭不說話，或是手裡拿著童話繪本一個人自言自語，彷彿念故事給誰聽一樣。平常不太說話的姊姊念起童話繪本，聲音卻有模有樣，語調抑揚頓挫，符合想像中的幼教老師，一人分飾好幾個角色：野狼、小紅帽、小紅帽的母親及祖母。見姊姊總是念得認真，偶爾他會坐在客廳一隅，豎耳凝聽姊姊說那些他早就聽過好多次的故事。姊姊腸胃不好，只要一喝牛奶就容易拉肚子，但姊姊的身旁總會擺著一杯牛奶，卻從來也沒見她喝過。而立在一旁的小板凳，就在那裡隨著風吹而輕輕微顫著。

家中牆上掛著父母親近三十年前結婚的婚紗照，父親油亮分邊整齊的頭髮，母親小浪花捲髮，父親嚴肅看似緊張的神情配上母親特意被畫上小嘴的模樣，讓他覺得有點突兀而忍俊不住笑了出來。他盯著年代久遠泛黃的照片，覺得關於所謂的血緣、血統、基因這類的東西真是奧秘，他像父親，姊姊像母親，就像他擅長的拼圖遊戲一樣，拿了這幅拼圖中的某部分加上那幅拼圖中的某部分，卻能符合地拼湊出另外兩幅完整的圖片。假使他和姊姊兩人站在這幅相片前，會讓人以為照片中的人穿越時空而錯落到現代一樣。

祖母家中也掛著爺爺和祖母結婚時的照片，聽父親說爺爺死在他國小畢業後兩年的冬天，因為肺炎請醫生看病買藥，使原本小康的家境逐漸衰敗，祖母還賣了當初要逃亡日本而準備的黃金。那些藥劑進入到爺爺的體內像是開水般「呼嚕」一聲喝下就沒，毫無效果，只是延緩死亡的腳步，死神耐心等待他們用盡家產。後來爺爺死了，父親身為家中的長兄，一肩擔起照料五個弟弟妹妹和祖母的任務，早上、下午去工廠工作，回家休息半晌，晚上又要到工地去兼職。看著如今退休的父親養花蒔草時那樣怡然，他無法將兩種形象的父親重疊在一起。

他發覺祖母家中照片裡爺爺和父親的樣子一點都不像，父親神貌上雖然像祖母但像得不徹底，反倒是叔叔和姑姑們像是那兩幅人物畫所拼湊出來似的。一看就知道二叔叔的鼻子像爺爺、眼睛像祖母；三叔叔的嘴巴像祖母、眼神像爺爺；大姑姑的鼻翼像爺爺、眉頭深鎖的模樣像祖母；四叔叔的臉形像爺爺、笑容像祖母；小姑姑整張臉像極了祖母，但眉毛倒插充滿殺氣就像足了爺爺。

唯獨父親像是用了半邊的拼圖。他甚至覺得那些堂兄弟姊妹的樣子都有年輕時爺爺和祖母的神似模樣，唯獨他和姊姊都只像是用了更少的拼圖拼片所湊起來一樣。他仔細在鏡子中對照著，發覺自己在眉宇之間還是和祖母有些相似，唯獨姊姊百分百像足了年輕時的母親，似乎和家族中其他人些許瓜葛都沒有。

母親的娘家和父親的老家隔得不算遠，外婆家有個倉庫，那是小時候他和其他表兄弟姊妹玩躲貓貓時最喜歡藏匿的秘密場所。據說那房間是母親未嫁給父親前的閨房，如今已經堆滿了幾乎與天花板同高的雜物，上頭布滿了許多灰塵。國小六年級暑假的某一天，他躲在倉庫中的衣櫥內，安靜屏息著，傾耳聽著外頭的動靜，也似乎可以聽見自己心臟的跳動聲，以及血液在體內快速流動的聲音。等到心跳逐漸平穩，外頭人群的嬉鬧聲持續，他無聊地就著外頭滲進衣櫥的光將裡頭的抽屜拉開，卻發現拉出來的抽屜似乎沒有外觀設計那樣的長度，他把拉出來的抽屜往身旁的櫃子比對一翻，的確短了一截，於是他探手往裡頭摸著，翻出了一疊疊綁緊的信件。他像個小小偵探仔細看著，一直到外頭做鬼的人終於認輸，他才急忙將那一疊信件放回原處再將抽屜放回，急急忙忙從衣櫥跑出來，溜出倉庫。

常迷失了對家的印象。

一個正常的家庭會不會有同性戀？

如果這塊拼圖是他們其他人可以決定的，那麼現在的「他」會不會被某個理想的「他」的拼片給替換掉？

好小的時候，一家四口共乘著一輛偉士牌機車，他坐在機車最前方，攤開手，他成了翱翔城市裡的小遊俠。周末的黃昏，來到崛江的商店街裡隨意走看，母親翻翻瞧瞧流行的玩意，父親牽著他和姊姊的手，在這巷弄中的小商店街道穿梭。彼時熱鬧的景致，都成了這時代百無聊賴的風景。為了某次報告，他和大學同學來此，走進兩旁是商店卻安靜異常的甬道裡，店家主人各自專注著電視裡的劇情，見到他和同學經過，才稍抬頭，又把眼神移回電視，彷彿他們只是意外的訪客。

這商店街老去得太快，甬道的商店似乎成了見證歷史的遺跡，連小時常嚷著要父母親帶著去的第一間有手扶梯的大新百貨，都成了只有一層樓的超級市場，而手扶梯像被遺棄似的停滯在那動也不再動。爾後，也歇業關門。嶄新亮麗的捷運出口，坐著少少的人，走在紅磚道上，那些曾踏在這街道上的熱鬧人潮都像被神隱了般。

印象中小時進出家門會有個小門擋，讓他只能隔著門擋看外頭人潮，母親說他一歲多剛學會走路，穿著紅白色的小小橫條水手服，一日不見門擋，他記憶中自己踏出小小步伐，或許是為了尋找母親的蹤跡，也或許是人生中最初的流浪旅程，他越走越遠，直到自己一人站在陌生馬路旁，才哭出聲來。

再後來的情節自己已經記不清，不過常聽母親說不見他的蹤跡時，急得東南西北找，父親也從工廠趕回來幫忙尋找，正當大家手足無措時，姊姊指著說：「那個叔叔說弟弟在那邊。」

「哪個叔叔？」母親和父親不知道姊姊說什麼，但還是順著那個方向尋去，果然見到他站在路口哭著。

而曾幾何時，一家四口再也撥不出時間出遊，儘管四人都在家中，卻各自忙著彼此的生活。屋外父親忙著照顧花草，屋內的姊姊安靜讀著經典，而母親時常在外奔波，這就是家隨時間成長後的形態嗎？

那麼為什麼不能留在當初那一刻？

他專心拼圖邊想著和家人的關係，覺得自己內心也像在拼圖。從國小就發現到自己對男生的慾望，當時的他不以為意，到再大點，發現周遭男同學議論的都是「喜歡哪種類型的女生」，卻沒有人討論「喜歡哪種類型的男生」。他認為自己是被置放錯拼盤的一枚小小孤伶伶的拼圖，找不到可以嵌合的部分。他發現周遭的朋友會用嘲笑且充滿惡意的語氣去抨擊某些較為女性化的男同學，或較為男性化的女同學，於是他又更往自己所挖掘出來的安全洞穴裡頭縮了些。躲好，就安全了。

高中時期，他情竇初開暗戀班上的某個男同學，兩人麻吉般一起讀書、吃飯、玩樂。後來，被傳出兩人是老公老婆的關係，男同學受到羞辱似地憤而消失在他的生活圈，他才發現喜歡男生是不可被人理解及接受的事，他催眠似地隨時自我提醒，避免不小心傷害到別人或是自己。

那段時間也想過為什麼自己會和別人不一樣，想著或許死亡後他能化成一縷幽魂，以輕渺無阻擋的姿態去窺探男同學的私密生活，甚至一輩子都能依附在那位男同學的身邊而不用離去，而且既然沒有人可以看得到他，就沒有人能阻止他對那男同學的依戀。這想法讓他爬上了某大廈的頂樓坐在上頭，拿出塑膠袋中便利商店買來的菸和啤酒，他想趁著最後的這一段時間做做平常不會做的事，菸和酒讓自己覺得會更有男子氣概。

他開了啤酒嚥下了一大口，一瞬間就澆熄原本熾熱發燙的心，接著點了菸，讓菸在眼前晃動像飛舞在夜中的小小螢火蟲。他吸了一小口卻嗆出了一大口，連眼淚都給嗆了出來。他不死心又拿了啤酒一口灌下，突然一陣噁心的感覺從肚內湧上，他將剛喝下的兩口啤酒全都吐了出來。

霎時，他覺得某種東西隨著氣息、眼淚和嘔吐全傾洩出來，他看著如星光碎片般的城市，又抬頭凝望夜空中的些許星子，他想到自己其實還有很美好的未來以及很多值得去追求的事物，他不用急著長大也無需逼迫自己死去。他當下所立下的決心，就是好好用功讀書，考上目標中的大學，一定可以把這些不愉快的事全拋在過去，得到想要的理想生活。他捻熄了菸，將菸頭、那包殘餘的菸、那罐啤酒，及自己膽小懦弱的影子留在無人的大廈頂樓。

他回過神，過去恐怖的一切已經不能再威脅他半分，他知道這沒什麼大不了，那如影隨行如虎似豹的問題，他已經全盤供出。自己知道現在不說出口，將來在某個時間點終究還是會與這個問題迎頭撞上，不如早點把事情攤開來，他也不用把這個秘密如同石頭般重壓在心上。

他看著地上部分已經完成的拼圖……

七　暗處灰影

她從小就覺得自己和別人有點不一樣。四歲那一年，妹妹過世之後，父母親對於尚在嬰兒床裡頭的妹妹完全不聞不問。妹妹原本可愛的形體變成灰撲撲的一片，哭聲顯得有點黯淡，但時常在夜裡嚶嚶地哭泣，好幾次她想抱起妹妹，但手伸過去抓到的總是空空的一片，她能做的就是如同往常一樣到廚房去替妹妹沖泡溫牛奶。當她將溫牛奶放在嬰兒床內時，可以依稀看到那灰撲撲的形體覆蓋住整個奶瓶，哭聲才漸漸停歇。當母親將她抱起來告訴她：「雯雯，不要再這樣了！妹妹已經死了，不在了，妳不用再替她泡牛奶了，好不好？雯雯，好不好？聽媽媽的話。」

當母親流著淚說這些話的同時，她也想做個好女兒，但只要一聽到妹妹的哭聲，她就感到難過，因為父母親聽不到，只有她能聽到那小小的啜泣聲，她還是固執沖泡著牛奶。在父母親眼中，這場辦家家酒的遊戲已經超過了所能忍耐的限度。

國小時，時常會在學校裡頭見到一些透明淺白色的身影飄蕩在四周，有時就直直坐在一旁或是癱爬在地上，她盡可能不去觸碰到那些形體。學校裡面讓她最不舒服的地方便是廁所，當她敲了扇門，沒人回應，但打開門的一瞬間，可能會看見那些東西在裡頭。她猶豫的同時，後面排隊的同學便會催促著她，她只能硬著頭皮進去。當她和那形體處在同一空間時，氣氛和家裡灰撲撲樣子的妹妹是有些不同的，她覺得家中的妹妹帶著的是溫暖明亮色彩且需要她，但是學校內的其他形體散發出的氣息有時是善意的，有時卻是惡意的，讓她直打哆嗦。

她只能和那些形體面對面，雖然那些形體沒有浮現出明顯的五官，但她能感覺那些形體在注視著她的一舉一動，接著她會假裝已經上好廁所趕緊出來，等到上課時，才又藉口到廁所小解。唯有上課時間沒人和她搶廁所或趕時間，她才能一一挑選真正乾淨的廁所。某些形體也曾經想要靠近她，但似乎那些灰撲撲的影子一碰到她便會散開，之後才又慢慢攏聚，久了，那些影子反而對她保持距離不太靠近。所以她對那些形體並不怎麼害怕，反而帶著憐憫。

她不知道那些形體從哪裡來又會往哪裡去，她曾試著對它們發問，但它們像水中的魚，開口張合卻冒不出任何聲音，除非用誇張的嘴形和極慢的速度才能讓她猜出一二。

從小父母對於她能看見或聽見妹妹的聲音一直覺得是她生病了，某種程度上她被教導出來的觀念是：那些是她幻想出來的。也就是說只有她能感覺得出來那些東西的存在，之於其他人來說，那些東西是完全不存在的。她很難去跟其他人解釋說：「你看這東西不是在這裡嗎？感覺上像是霧霧的一片，雖然摸不到，但只要手靠過去一點那東西會跟著閃躲，如果稍微摸著了會覺得手上有一份淡淡的濕黏感。」

白天時她看到那些東西是透明感，大致上來說白天太陽底下能看到的東西並不多，大多躲在陰暗的牆簷或涼爽的池邊，有些東西並不介意陽光的照射，光線會如箭般穿透那些東西。那些東西的形體除了晶瑩外還透著點亮光，看上去並不是像空氣一樣淡薄，而是偏向於透明果凍那一類，當他們移動時像是蛞蝓緩緩移動著的感覺一樣。但晚上那些東西感覺像是濃重的灰雲，行動不似白天的緩慢而是輕快飄蕩，彷彿從固體變成氣體般清爽。其實那些東西也不隨意飄動，常常像纏住某個物體似的，將觸鬚似霧狀的手伸長探向四周。當然不是所有東西都是霧狀，有些具有完整的形體，完完整整的人樣，若非肌膚的透明感可供辨認，有時在夜裡或陰暗處，她也會誤以為那些東西是真正的人。

妹妹剛過世那一陣子，她灰撲撲的影子常纏繞在母親的頸上、肩上、胸前，或是像是要擠回母親子宮般一直往肚子裡鑽，母親把那些不舒服當成是喪女過度悲傷的後遺症。妹妹像是惡作劇要引起大人注意的孩子一樣，不斷在母親的身上環繞著，而哭聲卻越來越尖銳。一日，母親坐在客廳小憩，妹妹調皮地在母親上頭爬來爬去，她看見母親睡夢中皺著眉，看上去並不舒服的樣子，她從後頭將妹妹抱了起來，那灰撲撲的身影像是在咬囓著她。她感覺自己的手有點痠麻，而且明明看起來沒有重量的東西卻讓她四歲的小手感覺沉甸甸的，她把手上的妹妹抱到房間的嬰兒床裡頭，口裡自然哼著：「寶寶乖！寶寶睡！」

原本亂竄的灰撲撲的妹妹變得安靜下來，仍發著像是哽咽般的哭聲。她到廚房替妹妹沖泡了一杯溫牛奶，當她將溫牛奶放在妹妹跟前，灰撲撲的影子將溫牛奶緊緊覆蓋，才感覺妹妹像是吃飽而滿足的孩子安穩睡去。她趁妹妹睡著輕輕拂去覆蓋在妹妹身上的霧狀體，撥去一些，妹妹的手露了出來，再撥去一些，腿、身體和頭都一一出現，那才是熟悉的妹妹。

等她再大一點，妹妹也跟著大一些。她會陪著妹妹到庭院玩，那裡種了許多的花，有冬天開的日本山茶花，還有父親種了一陣子幾乎都不太開的緬梔花，另外還有夏季會一盞一盞亮起白色燈泡似的七里香。妹妹獨愛那棵緬梔花，在她上學時便靜靜坐在緬梔花下，等待她放學回來。

由於父母親都在工作，放了學她不像其他的孩子只顧著玩，幫忙做完家事後，將屋內的小桌子和那小板凳搬到緬梔花底下做功課。鄰居常會從隔壁庭院裡聽到她像當個小老師念著故事書及說著學校的大小事，或是不知道在和哪個鄰居小孩玩鬧嬉戲聲，但一探頭過去卻只有她一個人在庭院裡開心地笑著。鄰人要父母親多留意，所以父母親在她上國小那一年決定再為她生個弟弟或妹妹。

她國中時仍舊會和那些表兄弟姊妹玩著躲貓貓的遊戲，她知道弟弟每次總喜歡躲在倉庫裡頭，不過每回她當鬼總會放棄找那個地方，因為那裡的氣氛像是積了好幾個灰撲撲的形體，一個疊上一個，讓她覺得呼吸不過來。她也曾經躲過一次，窩在倉庫裡，她覺得似乎還不夠安全似的，她又往許久沒整理的衣櫥裡面藏。她一瞬間可以感受得到那些灰壓壓的形體聚集在衣櫥外面像和她對峙，她有點緊張但卻沒辦法將衣櫥門推開，只能安慰自己大概衣櫥門的卡榫有點生鏽，另一方面又很害怕自己會被困在那裡再也出不來，如果沒人發現的話。

突然她感覺一陣滑溜如蛇般冰冷的感覺滑過她的手臂，她低頭看了一下，一條如霧般的觸手從抽屜底層伸了出來，她將抽屜打開，觸手像海草搖曳，像招她往更內處探。她伸手進去取出一包物品，裡頭擺著母親小時候以及年輕時的照片。

以前聽到別人說：「妳和妳媽媽像是同一個模子印出來一樣呢！」當時的她並不以為意，只是笑笑，直到她看到這照片，她才覺得如果她能回到過去，或是她十三、四歲的母親能穿越到未來，兩人並站在一起，一定會被人誤以為是雙胞胎。照片中的母親笑容燦爛，服裝上看起來比同齡的其他玩伴還要來得新潮，每張照片上的母親幾乎都戴頂帽子，而裙子總是迷你裙，衣服則是貼身的針織衫。其中一兩張照片只有半截，只剩下一隻看起來偌大的手搭在母親的肩上，照片中的母親笑容裡，眼角帶著蜜意。她看得忘了時間，直到有人在外頭喊著：「出來了，當鬼的認輸了。」她才回過神。

那時陽光從窗戶邊淺移到衣櫥外緣，那大塊大塊的灰影子往其他沒被太陽照射的地方擠，看起來更像是一朵巨大的菌菇，開在陰暗角落沒人發現。她用力推開衣櫥，蹦的一聲跳了下來，從此就算陪那些表兄弟姊妹玩躲貓貓，她也決計不再躲來這裡。

至於她的弟弟，她從小就開始照顧著他。她覺得弟弟特立獨行，常常倔強地要一人完成手中的事，如果要幫他忙，他便會生氣將別人替他完成的東西丟到一旁不理會，然後再重新做一次。她常有種錯覺，覺得弟弟是生錯時代的武士，他做起事來總是一板一眼，而且靜默地做，不喊苦也不喊累，一直到東西完成、事情做完他才肯停手。從小，弟弟就不太依賴父母或是她，弟弟國小一年級時，便開始負責去買一家大小的早餐，當他們還在睡夢中，就可以聽見弟弟清晨起床的小小步伐，推開拉門走出去，不知過了多久的時間後伴隨著雞鳴或狗叫聲，弟弟的步伐聲越來越大，最後拉開拉門進到家裡。

有時她會從自己房間的窗邊，看見躲在緬梔花底下的妹妹調皮地一把抓住弟弟的腳，整個身子依附上去，弟弟卻沒發現且毫不費力一步踏上一步，等到弟弟踏出庭院大門，妹妹才像顆球一樣從弟弟小腿上滾了下來。有時她會發現弟弟敏感地朝妹妹方向望去，她甚至覺得弟弟可能也看得到那個他早夭的姊姊。她曾經試著在某個早晨問：「小皓，今天你買東西回來進家門前，你在看庭院什麼東西？」弟弟只是聳著肩說：「天氣有點涼，一直覺得小腿冰涼涼的，加上外面一地的緬梔花被風吹過，我還以為有什麼小動物跑進來，嚇我一跳。」

她愛這個弟弟，但七歲的差距，加上她一直以他另一個母親自居，所以和弟弟之間仍有著距離感。她國小三、四年級時候會拿著童話繪本念給兩、三歲的弟弟聽，弟弟會整個人親暱地窩在她的身邊，像在用力嗅著她身上的花香一樣，並且將耳朵傾在她的腰際。她說著三隻小豬、白雪公主、冰雪女王、睡美人的故事，弟弟總是專注聽著。

弟弟和她差不多，安靜不多話，她常想著如果那個早夭的妹妹仍舊活著的話，可能是家中最具生命力、最活潑的孩子。常見那灰撲撲的妹妹一人在庭院間穿過七里香，搖晃著那株日本山茶花，像是要把那鮮紅的花朵給搖下來似的。或是調皮地爬上緬梔的樹梢偷拔頂稍的花朵，見它們一朵朵隨風飄落下來，她才開心地順著風從上頭飄降下來，或是追著庭院裡的蜜蜂、蜻蜓、蝴蝶跑。只有當她念故事給弟弟聽，身旁擺著給她和弟弟一人各一杯溫牛奶的時候，妹妹才會安靜下來窩在另一側，靜靜聽著她所說的故事。她那時覺得自己是幸福的，可以替父母親照顧存在的弟弟和不存在的妹妹。

她考上大學離家時讓她最放心不下的，是那個仍舊維持四、五歲模樣的妹妹，她原本想把她一起帶走，卻發現怎麼也無法將她帶離這個家。她將灰撲撲有點小重量的她抱起，卻在踏出庭院時那灰撲撲的身影會變成沙子似地流散一地，然後一陣小風將那堆沙影吹回庭院，又集結成那灰撲撲的形態。每年的寒、暑假她總會迫不及待回到家裡，妹妹一見到她進家門同時，便整個身影撲到她的背上，她感覺得出來那身影微微顫動著，彷彿聽得到泣訴的聲音。

大學時她開始接觸宗教，想為自己的妹妹做些什麼，卻發現什麼都不能做。某一天她囁嚅地試探著問社團裡上課的法師：「如果家裡有人過世之後，一直以靈魂的形態留戀不肯離去，那該怎麼辦？」

法師說著一些佛理，告訴她：「需要專心為往生者念地藏王菩薩本願經，而且要在腦海裡想出西方極樂世界的形象，引導往生者過去。」

其實問這個問題之前，她早在佛經裡讀到這樣做可以幫助早夭而留戀人間的妹妹，但是以一個姊姊和另個母親的心態來說她卻無法放下。她始終認為這個妹妹是寂寞且和家人無緣的，她想讓妹妹感覺得到家裡的愛和滿足之後，能自己安心進到西方極樂世界，而不是靠著誰來指引。她知道自己的妹妹只是貪玩，並沒有迷路。

她的父親像個專職的園丁，從搬來這個家中妹妹過世之後，父親便專心致力在這塊花圃裡。原本瘦弱的日本山茶花經過父親的照料，如今變成一棵看起來像是有歷史的樹一般，而緬梔花隨時大大地開著，七里香則是修整得像是一面乾淨整齊的牆，綠牆上隨時探頭冒出一朵朵白色小花。她在家中可以感覺母親和弟弟甚至早夭的妹妹和她之間，有某種隱形但又牽扯的力量存在，她感受得到那些力量的差異及變化。唯獨她那安靜寡言的父親，她無法覺知那線的拉扯，卻可以體會得到父親對她的付出和親情，如溫暖的潮水一樣將一家大小緊緊包圍住。父親的愛像是緩緩的水流要將一家人帶到安全的地方，讓人感到安心。她處在這個家中，父親的關懷是淺淺緩緩有目標流動的潮水，她也想順著這水流一直這樣下去，結婚生子有個美好的家庭也不錯，但人的時間很有限，她有更想追求的目標。

三歲那一年，當她從午覺中醒來，家裡沒有任何人，她搖晃著身子在家裡尋找父母。從廚房到客廳到臥室到院子到浴室，全然沒有父母的身影，只有她一人在空盪盪的屋內，頓時之間，她覺得寂寞，卻又瞬時頓悟了什麼。她沒哭。

等她長大回想起這一段，才驚覺，那時自己心裡想的應該是：沒有人會陪自己一輩子。她開始在人生中尋找解答，她想知道生而為人的目地，以及，那些曾經為人卻又變成灰撲撲形體的「那些」，它們何去何從。

她沒有掙扎，知道出家是自己的想望，母親以為她出家是苦，但對自己而言是樂。

當她和父母親告白想出家時，母親身上的線一度緊張拉扯著她，父親的水流也被擾亂而激盪過一陣子，但此時她感覺那條線又回復成原本的樣子，而水流也逐漸平緩。

她陪母親到巨大、外形如鯨魚的百貨買些要送人的禮品，這建築物像擱淺在這城市的一隅，無法前進與後退。她們搭手扶梯一層層而上，與那些在不同手扶梯而上而下的人交錯著，她下意識地抓緊母親的手，她怕一轉頭母親就不見。

「怎麼了？」母親問。

她搖搖頭。

母親用手摸著她的頭，彷彿她還是那個長不大的小女孩。

「不要出家好不好？媽媽年紀也大了，留下來陪媽媽。」

「媽……」

母親擦著淚。

「你們都大了，自己決定，快樂就好。媽很抱歉說這些話，擾亂妳好不容易做的決定，只是……媽真的很捨不得。」

「媽！對不起！」

百貨裡永遠沒有黑夜，和母親出了百貨才發覺夜已經來臨，抬頭望去，巨大摩天輪閃爍著不同光芒，像一輪煙火，變換著不同色彩映耀夜空。

「找個時間全家人一起來。」母親說。

她點點頭，她知道母親的用心，或許這會是她出家前一家再度重溫出遊的最後時光。

此刻，陽光底下，妹妹躲在緬梔花的樹蔭底下，弟弟坐在客廳一隅發著呆，母親可能因昨晚熬夜還窩在被窩裡，而父親在整理花圃。她瞥見花圃中的父親對她笑著，她對父親揮揮手。

才驚覺，自己已經開始在練習告別的手勢了。

八 過往時光

身為人妻、身為母親的自己，此刻卻還窩在被窩裡頭實在不應該。她心裡雖然這麼想著，卻怎麼也使不起勁爬起來，只好任自己繼續躺著，不面對起身後的世界。

「最近真多事啊！」她繼續將棉被蓋過自己的臉想：「前陣子家裡淹大水，女兒說要出家，兒子出櫃，還有『那個』……」

「那個」，她腦海裡浮現的是那位曾經迷途的旅人，過去苦苦追求她的輔導長，那名因工作關係又重逢的工作友人，也是那個她現在瞞著家人交往的地下情人。

「自己已經這把年紀了，」她自喃似地抱怨著：「應該學學老公早點退休，不然還要顧家裡還要忙工作。」

從她嫁給他之後，丈夫依舊在工廠辛苦工作，幾年下來成為領班接著主任，回學校又讀了幾年書被公司升為廠長然後經理，當初嫁給他之時，完全想不到會有這樣美滿的日子可以過。婚後不久兩人決定要開始打拚，她也成為加工廠裡的一名女工，但是工作實在太累加上無法好好照顧孩子，她辭去同個工廠的工作。聽了前一期退下工廠工作姊妹的話，加入保險業，卻糊里糊塗越拉越多客戶，生意越做越大，從小小的營業員一路爬升到這個地區的總負責人，薪水早就比丈夫要多出好幾倍。丈夫退休年資一到便急忙辦理退休，反倒她是自己放不下優渥的薪水？還是無法閒下來？還是怕少了工作的掩護就無法和那旅人偷空相見？她自己也不太清楚自己想要的是什麼。

當初遇到那旅人，她從來沒有想過會發生什麼。當他告訴她早些年就離了婚，她也不以為意；當他靠她極近的同時，她覺得不過就是工作上的聊天，要自己別多想；當他的手不小心碰觸到她的手，她試著平撫內心的激動當成是誤會一場；當他們在咖啡廳在公事之外見面時，她只覺得不過就是兩人共同溫習過去的記憶，重溫過後剩下的就只是虛嘆罷了；當他們共處一房的同時，她知道自己早就陷進那旅人的體溫，只是發現太慢。他太溫柔，而自己不夠堅強，於是終究被過去的漩渦給捲了進去，連爬出來的力氣都沒有。

如果當初旅人不回台北？如果當初她順著他跟著一起遠走高飛到台北？如果當初她不那麼快嫁給她丈夫？如果當初她早點告訴他，自己有了他的骨肉？如果時間還能倒回？時間當然不能倒回，但她覺得老天爺把兩人的命運之流，在這個時間點又匯集在一起，只是她自己也不知道在哪個時間點他們又會分開，亦或是……她不敢多想也無力多想。於是繼續窩在被窩裡，這是最溫暖最安全最不需要思考的地方，但她知道等會她還是得起床面對所有橫在面前的問題，因為和那旅人約好中午要一起用餐。她將頭探出被窩望向床頭的小時鐘，不過九點，還是懶洋洋的要自己振作、要自己起床。

從浴室鏡子中她注視自己，眼角附近有幾條魚尾，搶眼斑爛的紋路隨著臉上表情的變化而游動著。她用食指輕輕將那魚紋往後拉平，但一鬆手皺褶又全都散了開來，如一沖積的三角扇，像是夾著太多過去，抹不去也抹不平。她注視著自己的臉，不若年輕女孩有彈性光彩，為什麼旅人願意回過頭與她重溫過去時光？像是要把分別的二、三十年一次補齊，兩人恰似尋常夫妻手牽手一起咖啡電影書局餐廳名勝旅館，甚至連年輕人的遊樂園都走遍。好幾度她也愧疚到想喊停，但身體卻老實得不肯停。

整理完畢她走出房間，丈夫的身影在拉門間閃進閃出，可見又在忙著園藝，女兒就坐在拉門旁的小桌前，桌邊擺著隨風輕輕搖晃的小板凳，兒子坐在客廳最裡頭怔怔看著外頭。她喜歡這樣的早晨，可以同時間看到一家人聚在一起，她想再多花點時間享受一家人共處的時光，但牆上的時針已經無情地走過十的位置，而分針也落在三十的地方，她邊把頭髮攏上去邊閒聊幾句。

女兒首先看到她，問著：「媽！今天週休還要上班啊？」

她將皮包的東西又檢視一番回答著：「對啊！和人約今天中午討論保險的事情。」

「中午回來吃飯嗎？」丈夫從外頭朝裡邊大聲問。

「不了，來不及。」她也朝那頭喊著。

兒子的聲音像突然從地底抽升出來一般說：「媽，今天我和同學約了要出去，晚上會晚點回來。」

「嗯，注意安全！」

家人趁著她還沒出門快速地交談幾句，在一連串如鞭炮的再見聲中她出了門，穿上高跟鞋，急忙小碎步跑到車位處，一下子一台紅色小車已經從家中如箭一般直射出去。依約來到見面地點，推開門，旅人已經坐在老位置等她，早就先幫她點了自年輕她就喝慣的檸檬汁，回憶將他們一起網進過去的時光中。

她家原本開雜貨店兼賣涼水，但兩人約會還是會走到村中最底處的冰果室坐在那裡，聽著電扇嘎吱嘎吱轉動，店內的收音機播放西洋情歌，窗外的知了也一併加入熱鬧裡頭。她望著他，她不知道他怎麼想關於他們的未來，他要怎麼決定？她只是靜靜攪拌著桌上的檸檬汁，啜飲了一口還是酸。

「那個……」他說。

她抬起頭，眼睛像一湖清澈的夏水反射著熾熱的烈日光線，炸得他有點睜不開眼而避開了她的注視。

「什麼？」她問。

「妳知道的……」他還沒說完，她已經點點頭，於是他更大膽地說了下去。

「妳知道的，再過兩個月我就要退伍回去台北，我放不下妳，下個月初放假，我希望妳陪我走一趟台北，陪我看看我爸爸媽媽，他們也很想見妳，妳覺得如何？」

「這個要問我阿母的意見！」她當時囁嚅地說。她怕，畢竟是鄉下地方，還沒嫁過去就跟別人去遠地，總會留下不好的風聲。她更怕，去了台北他的父母不喜歡她，那麼他們的愛情又該如何收場？

突然他緊緊握住她的手，眼神深深地刺穿那一潭湖水，說：「就這麼說定了！下個月初。」

他大男人地擅自替她做好了決定，她有點生氣，但也因為他的大男人讓她更加篤定。

回到家，她約了同鄉好姊妹秀芬商量：「秀芬，今日一定要妳鬥腳手……」她話還沒說完，情緒飽滿，眼淚已經代替話語一顆顆滾落下來。

秀芬緊張地問：「是啥米代誌那麼嚴重啊？」邊緊緊握著她顫抖的手。

她把事情緣由說了一遍，她知道阿母是一定不肯的，加上從以前阿母就覺得外地當兵的遊子沒幾個是好東西，而剛好這附近營區的阿兵哥全都是壞榜樣，更讓阿母拒絕自己的女兒與那輔導長廝混，也常口頭上提醒她，要幫她相親找個好人家嫁掉。加上那輔導長過兩個月就要退伍，如果沒有趕緊先去見過他爸爸媽媽，那又怎麼讓他們主動來提親？她慌了急了，說著說著眼淚也滾得越快，她不知所措只求秀芬幫幫她。

「這是要怎麼幫忙啊？」秀芬問著。

「我也不知影。」她逕自哭著。

「有啊！說我要去桃園引頭路，需要妳陪我去，妳講這樣好不好？」秀芬說。

這幾年鄉下地方的代工已經越來越少，很多人都往外地去了，事實上秀芬也正有此打算。她們倆謀畫了一番，擬了一套說詞。那天午後，先由秀芬到她家，阿母坐在雜貨店門前乘涼，她躲在自己的房間內瞧著屋外的一舉一動，秀芬殷勤地跟她阿母打著招呼。

「阿嬸！淑雲有在家嗎？」

「有啦！在裡面，妳要找伊喔？」

「對啦！阿嬸妳吃飽了否？」秀芬閒話著兩句。

「吃飽啊！吃飽啊！妳咧？」

「我也吃飽啊！」

她們越是家常閒話聊著，她越是緊張，她心裡躊躇著怎麼秀芬還不趕快開口。

「阿嬸，是按呢啦，我下個月想要去桃園應徵幫人車縫衣服的工作，但是自己一個人去那邊會驚驚，想說你家淑雲不知道有時間否？陪我鬥陣去，卡有伴。」

「啊！妳怎麼想要去那麼遠的所在找頭路？一個女孩子家這樣不好啦！」

「因為桃園那邊開了幾家很大的紡織廠，聽說現在正缺女工。我想說去應徵順便看有員工宿舍可以住否？聽說薪水比這高兩三倍，所以卡想去那邊試看嘜。」

「按呢啊！好啦！不然妳自己進去裡面問淑雲啦，她沒意見我也沒意見。不過要注意安全呢！現在壞人很多。」

「知啦！阿嬸！多謝！我進去找淑雲啊！」

她緊貼著牆壁而發紅的耳朵總算有歇息的機會，秀芬一進門她們兩人緊抓住彼此的手，她緊緊抱著秀芬另隻手摀著自己的嘴說著：「太好了！太好了！」

晚上她在廚房幫忙晚餐時，阿母邊炒菜邊說：「聽說月初那群阿兵哥會放假，妳和秀芬要去桃園自己要卡注意，不要跟著別人趴趴走，工廠看了隔天緊回來，知道嗎？」

她心裡驚跳著，阿母的語氣裡似乎什麼都知道，卻也睜一隻眼閉一隻眼似的，她不敢多提，因為不知道阿母是真有意放行還是沒聯想到。

「喔。」她只是小聲回答。

隔月初，她和秀芬及一大群阿兵哥在馬路旁等著客運，呼嘯而過的汽車將每個人撲得灰頭土臉，她和秀芬靜靜站在一起，她知道他就站在自己後方不遠的位置。他看著她，她知道，不過她不敢轉頭，因為怕其他村民看到了會有聯想。上了車，因為怕暈車，她和秀芬坐在最前排的位置。她看見他的身影從她身旁走過時速度放得特別慢，她的腿上突然多了兩罐汽水和一些柑仔糖，他的腳步聲漸淡出到車子的最後排座。

秀芬看著淑雲腿上的東西，噗嗤笑了出來。

她不好意思地用手輕拍秀芬的臂膀，「別再笑了。」將汽水和柑仔糖遞了過去。

客運車行走在石子路上，晃晃蕩蕩像坐船，她覺得頭昏，拿了他替她準備的酸甜柑仔糖，減緩了不少胃裡的不舒服感。她昏沉沉地睡去，醒來又睡著，中間路程全不敢將頭瞥過車後望他一眼。車子行經漸遠，車上阿兵哥身影一個個下去，換上來的是異地的人。到了桃園，她和秀芬再次確定再見面的時間和地點，她身旁空了一個位置，一個上車的阿嬸才要坐下，有個聲音禮貌說著：「阿嬸，歹勢這個位是我的，剛剛去後面放東西，我扶妳去後面坐啦！」

阿嬸似乎被突如其來的他嚇到，急忙揮手說：「免啦！免啦！」

他坐在她的身旁，她開心，但仍不敢正眼看他，於是假裝小寐，他偷偷以偌大的手牽著她的手。等她再睜開眼是被他輕聲喚起：「淑雲！起來了！台北到了。」

台北，在那個年代是多少人的夢想，她住的鄉下沒有幾個人來過這裡，對所有人來說這裡代表的是一種未知且充滿希望的境地。如今，高鐵一下子就能把兩地距離拉近，讓多少遠地戀情因而有繼續的可能。她因為開會原因也常往返台北高雄之間，每當她要前往台北時，幾十年前的往事，那將近十個小時車程的夢境倏乎又來到她的眼前，她伸手卻抓不住那過去的時光。

此刻的他們正對著彼此，她又喝了一口檸檬汁，仍是和過往一樣，酸得讓她咋舌，他笑了繼續說：「好像兩個老人在提往事一樣。」

他們說的是他和她知道的，她沒說的，她從沒告訴他的，就是她自己一個人默默承受的那些過往。那一年，她到他家，他父母親淡淡看了她一眼，嘴上雖然說：「歡迎！歡迎！」但眼底卻全不是這麼一回事。晚上她睡在客房，朦朦朧朧聽到他和父母的爭執聲：「我說過了，我要娶的人是她，不是你們說的那個女人！人家來作媒你們就擅自替我做決定，這是什麼年代了？現在大家都自由戀愛了啦！」

啪！一響。那聲音至今仍迴繞在她耳內，她不知如何是好地哭了。再更晚一點，她聽到微微的敲門聲，是他，她知道。開了門，他像個無助的孩子擁著她，她像個慈愛的母親抱著他。他吻上她的唇像在尋找奶嘴的嬰兒，她回應他的吻，然後更熱切，他進入了她，像條蟲一樣地在她身上蠕動摩擦且默默哭泣。她只是靜靜緊抱著他，任由一股快意深入她的腹腔。

天亮之前他早已離去，她起身到屋外透口氣，她想大叫，但不是這個時候，這個時候沒有巨大的喜悅也沒有莫大的悲傷，不值得她大叫，況且所有人都還在睡夢中。

屋內走出一個身影和她站在一起，冷冷地說：「我家阿榮，我們已經幫他準備好婚事了！我想你們是有緣但是沒分，我看卡緊分開妳卡不會難過。就算阿榮真要娶妳，我們也不會接受的，妳自己好好想一想。」

「都是過往的事了！」她笑著。她不想讓他知道這一切，一切都是過去且無法挽回，時間不會回來，他們也不會再年輕。她只知道，她那悶在心裡的一聲尖叫，一直到她腹內的孩子要呱呱墜地時，她才盡情盡力使命地叫，那孩子。也像呼應著她的不甘一樣放聲哭。護士抱起嬰兒到她眼前，她在眼底尋著他的影子，眼睛、嘴唇和笑著的樣子。

如今，魔術一般將他再一次帶到她的生命裡來。對方的父母早就過世，他又是孑然一身，不過她卻被家庭、兒女和工作的絲線給綑住，自己成了被困在蜘蛛網上的蝶，成為要融入背影、沒入黃昏、要被緊釘在「過去」這面牆上的蝶。振翅，卻無力擺脫。

九　濃霧風景

退休後此刻的他在自己精心打造出來的花圃中忙碌著，女兒坐在門旁，兒子在後頭發呆，妻連假日都不得閒地出門工作。女兒安逸坐在那裡的模樣像年輕時的妻，不多話且安靜。他還記得當時他與尚未成為妻的她相親那一天，她如花園裡的那株山茶花一樣，臉上抹著一層紅暈，穿著紅色搶眼的小禮服，任由髮絲披散在肩上。她的眼神落在自己的指尖，他霎時覺得自己愛上了如山茶花的女人，冷冽但又充滿生命力。席間的媒人婆不斷說著兩方男女的好話，中間穿插一些趣事試著讓他們放輕鬆。他注意到她的笑容，如花一樣慢慢綻放，但開得不全，只停留在某個角度又逐漸凋謝。她看起來安逸但並不快樂，彷彿心裡藏著秘密的種子。

他母親和對方的母親加上媒人婆已經熱絡地聊開，彷彿他們已結成親家，只差聘金嫁妝還沒談，一切似乎都已經雙方底定，只有他們兩個被排除在那場話題之外。她靜，他也靜；她稍動，他也敏感地想要幫她點什麼忙，卻也不知道該怎麼幫起。媒人婆敏銳地發現他們的焦躁不安，要他帶女方到外面先散散步，等會再回來，他總算有機會禮貌地招呼了她。

「淑雲小姐，我們先到旁邊走走，等會再回來好了！」

她點頭仍不說話，如他家中從不開口的山茶花。

兩人並肩走在巷弄間，在幾輛腳踏車響著鈴鐺伴隨幾個小孩的笑鬧聲中緩緩而過。風輕輕吹過她的髮梢，她細膩的手指將髮絲掠過耳後，髮絲輕輕飄揚，像騰空的汽球，越飄越高。他站在她的身前替她擋了些風，她的髮絲才像馴服的鳥又停駐下來。

他先打破兩人間的沉靜，「妳好！我叫阿和！」

這次那朵花全笑開了，「我知道啊，剛剛就介紹過了，那我也重介紹一次好了。你好，我叫淑雲。」

他跟著笑，她的髮間輕輕搖晃出如花般的香味把他捲了進去，他深吸了一口，跌了，就沉溺進去不想爬出來。他結結巴巴問：「不知道淑雲小姐妳什麼時間還有閒，我想約妳出來喝喝涼水，看看電影。」

她只是點頭笑著。

當時的妻，與現在女兒的身影重疊在一起，女兒低頭的身影與當時的妻全無兩異，看著她，他想到數十年前的自己，全然沒自信。大概因為在家中地位一直低落，沒人當他一回事，雖然他的弟弟妹妹嘴裡仍會喊他聲：「大哥！」但顯然他們也知道實際上除了名稱之外，他在家裡的地位並不高，甚至是最低的。直到父親死去，他一肩挑起所有弟妹的生活重擔，他才從生活上贏得弟弟妹妹對他真正的敬重，而不是因為那個僅僅口頭上「大哥」的稱呼；也或許是因為他一直覺得自己是個沒父親的孩子，所以面對她時，總認為自己缺乏什麼而不能完全給予她。他想把自己全然交給她，交到她手中，卻不知道該怎麼做。

他也害怕，一個生命中殘缺著父親的人，怎麼在將來的人生中扮演好一個父親的角色？

意外的，在兩人感情互動中她似乎以一條暗藏的絲線在引導著他，他雖然憨直但也不是不懂，他順著她特意挖掘出來的河道流動，一而再地約會，然後提親，接著結婚。等到第一個孩子墜地，他總算有了踏實的感覺，他覺得有了自己的家，一個精神上和實質上屬於自己的家：他、妻與女兒所構成的家。但還是不夠，他仍有過去的陰影如雲霧將他包裹住，加上妻也希望他們能獨立搬出去住，於是妻加入工廠內女工的工作，希望能多掙一點錢趕緊把未來的家園給築建出來。幾年之後，他們總算搬進去了一個新的、不再有過去那團烏雲籠罩的家，他的心胸變得較為開闊，在這個家中他就是王，他妻是王國裡當然的王后，而女兒則是公主，他想著，然後笑開。

國王老了，王后依舊努力賺錢，公主長得亭亭玉立，王子卻愁眉不展。他一手搭建出來的王國，他期待著興隆，他曾經幻想過有好幾十個小小王子、小小公主在裡頭橫衝直撞來回奔跑，然後一個不小心會跌在他的跟前，他才有機會將他們扶起來說著：「惜惜！惜惜！阿公疼！」而那個夢境隨著女兒說要出家、兒子說自己是同性戀，而真的被編入夢境的劇本之中，在現實裡是不會也不允許被演出的。他照料著一手照顧大的日本山茶花和緬梔，風將花香旋轉在四周，那株山茶花是為了母親、為了他未曾見過面的多桑所種，那株緬梔是為了紀念那早夭的二女兒所種。

他想著他未曾見過面的多桑是以怎樣的心情在台灣種下那山茶花，又是以怎樣的心情回去日本，最後又怎麼放得下他的子和他的妻，任由他們在這地方飄零？而他的母親又是以怎樣的心情看待那山茶花，未曾見過面的多桑走時她又是怎樣的心情，以及母親怎麼能如此毅然決定要嫁給另一個男人，難道沒有思考過任何一絲他未曾見過面的多桑會從日本回來的可能性嗎？那些問題在他心底徘徊一次又一次，好幾次他都想問母親，但見到年邁的母親那頭白髮，那佝僂的身子像是風中羸弱的燭火一樣，可能一吹就消逝了，他怎麼能忍心問他母親那些問題。他怕問題是刀，問了就等於往母親心坎刺一刀。

他在自己的問題中徘徊，詢問著可能的答案，卻沒人告訴他答案的出口在哪。他在這些問題、線索與答案之間來回，他的人生彷彿困在一座巨大的迷宮中，沒有指示沒有出口，只有無止盡開展的迷宮風景。

他那早夭的二女兒，大概太過稚氣且美麗，而他和妻太過幸福，命運之神無意路過卻起了濃厚的妒意，於是找了死神將死亡繩索緊緊箍在二女兒的頸上。她哇哇地哭著，他和妻四處拜託醫生，但高燒卻像一場肆無忌憚蔓延開來的野火，將整座山頭燒得火熱，直到燒盡，命運之神成功地看他們痛苦。事後一江湖術士馬後砲說該怎麼化解這肅殺的家，那個他和妻一手打造出來的家。為了安撫妻，為了悼祭他的二女兒，他種下了一株緬梔。那高高懸占著枝頭，飄著花香的白花呵，裡頭帶著點鵝黃兼粉紅的色彩，讓他想到二女兒哇哇哭著時抽動粉撲狀的胖小手和小腳。他的二女兒只是發了高燒，哭著哭著，哭累了就永恆地睡著了。

他的妻只能不斷不斷哭泣，她責難自己也責難著他，「都是你！都是你！」她說。

他沒敢回話，他已經失去了一個女兒不能再失去一個妻，只是靜靜抱著妻，像照顧女兒一樣照顧著她，輕輕說著話輕輕唱著歌拍拍妻的背，哄著妻要她別多想，孩子只是和他們沒緣。大概那段時間妻忙著哭泣，他忙著照顧她，而他的大女兒現實上失去了她的妹妹，精神上失去父母的照料，所以自己一人的遊戲便開始。一直到自己和妻覺得大女兒不對勁，才將悲傷的情緒轉回到關照大女兒身上。

大女兒常常說出怪異的話語，好比哪些人來到家裡，好比路口坐臥著哪些人，好比牆上有著什麼笑臉什麼手腳，他們不以為意。小孩的想像力過剩也不是件好事，就像二女兒過世後，大女兒總說：「妹妹還在啊！爸爸媽媽你們看。」

大女兒手裡彷彿抱著一個嬰兒，搖晃著。

他的妻接過雯雯手上的空氣，也學著搖晃。

「媽！妹妹掉在妳腳下了啦！」大女兒邊說邊走到妻的腳邊，彎下腰，又摟起一攤空氣。

那段時間他也覺得自己快發瘋，但這是自己好不容易一手建立起來的王國，不能讓它垮，只能提起精神一面安撫妻一面帶大女兒就醫。

他的兒子從小多愁善感，妻說像年輕時的自己。兒子從小開始展現出過人的才藝，以及對許多事物敏銳的觀察及濃厚的興趣，於是他和妻讓他學音樂、學繪畫，他的兒子能輕易彈奏出一首好曲，也能畫上一幅好畫。兒子國小時的畫作中，緬梔花底下總會有個灰撲撲的身影，他指著畫作問兒子：「這是什麼？」兒子也答不上來，只說：「不知道啊，只是將我看到的畫了下來！」他朝緬梔花底下望去，什麼都沒有，只有風一帶，又一朵花從樹梢被送了下來。

他一直覺得自己是不是處在一團如濃霧的環境之中，他很想走出濃霧看看外面的風景。他覺得不瞭解自己的母親，不瞭解自己的妻，不瞭解他的女兒，也不瞭解他的兒子，當然他對自己也不甚瞭解，只有在與這些花草相處時他才能感到真正的安心。雖然這個家是他的王國，他是這王國內獨一無二的王，但這個寶座只是個空盪盪的位置，他覺得寂寞。他的王后總有許多事情要忙，他的公主已經像個脫離俗事的得道大師，而他的王子則穿著滿身尖刺的盔甲四處行走，到處防衛著別人傷害他，於是先傷害別人。

他不敢問母親關於自己的身世，他怕母親生氣，更怕母親傷心，他覺得自己可以做的就是趁現在退休學一點日文，並且規畫一趟日本之旅。不奢望自己能從這趟旅遊中獲得什麼，但他知道必須這麼做，他血液裡有個聲音驅使著他非得這麼做不可。他在睡夢裡常常夢見一雙偌大的手將他抱起，嘴裡絮絮說著異國語言，那艱澀難懂的話在他腦海裡盤旋不去，無論他如何專注都無法區辨其中的含意。他想，可能是某種啟示，或是他那離他遠去的多桑踏著夢境來尋他，於是他下定決心要學日文，以及要踏上那塊土地。

他整理了許多資料，做了許多簡報，買了一份大地圖也規畫好路線，飛機坐到哪一個機場，從哪裡出發，要坐什麼交通工具到市區，從市區到下一個城鎮要搭乘什麼交通工具，住宿哪裡，他全一手包辦。當然，這不是一個專屬於自己的旅程，原本他想趁著機會，與妻共同出遊，他們從來沒有出國蜜月過，過了二十幾年也應該可以好好彌補過去做不到的事。不過妻顯然仍專注於自己的事業上，於是他替她保留了一個位置，如果屆時仍不行，他也執意一人展開旅程。只是花圃裡的花和草皮需要請專門的人來照顧，家裡的王后、公主和王子顯然對園藝方面是完全一竅不通的。

家庭該是什麼樣的形貌呢？他自己也說不上來，他從小就不是生長在一個別人眼中健全的家庭生活中，從他懂事以來父親就沒正眼看過他，從他懂事以來弟弟妹妹就把他當成家裡的一片陰影，從他懂事以來幾乎都是窩在母親的身邊，兩人吹著風，唯一做的事便是喝著熱茶吃點心，靜靜看著被風吹動的山茶花。母親有時會撇過頭用那種黏膩的異國語言問著他，見他沒反應才會意過來，於是又安靜地看著前方。一直到現在，他坐在老邁的母親旁邊，偶爾，仍會聽到母親像是看到誰一樣地看著他，用異國語言問著，不過那些異國語言如今在他耳裡已經可以分辨出話裡的些微含義。

「你為什麼還不回來？」老邁的母親以日文問著。

他沒回答，只是繼續專注看著前方。

然後老邁的母親回過頭看著前方，絮絮話語如飄散的蒲公英種子四處飛散，「你說這山茶花一開就會回來了呢！這花已經開了，你什麼時候才會回來？」「父親大人說要我趕緊跟你離婚，免得到時被牽連到。我不怕，帶我一起回去好嗎？我不想待在這裡了！」「你聽，我肚子裡有你的孩子了！男的該叫什麼呢？一郎如何？還是正太郎？女的呢？百合？春子？櫻子？聽起來都不錯。」「我會等你的，什麼？不會、不會、我不會也不要改嫁，你別這麼說，我會死給你看的，真的，我會死給你看的。」

老邁母親的那些話語將他的耳朵全塞得滿滿，於是他常要趁著喝茶時，將頭仰高再趁機以袖子拭去臉上的淚。那些話語在他心裡生了根糾纏著讓人難過，如果可以，他也想帶母親一起去。

可是別人口中的訊息都是多桑搭的那一艘船在回日本時沉了，什麼時候沉的？怎麼沉的？救起多少人？多少人罹難？都沒一個答案，多桑的訊息也跟著那艘船石沉大海，連母親託人帶去日本的信件都無下文。

他試著問：「媽，我們一起去日本玩好不好？」

母親喃喃說著：「要回日本了嗎？我準備一下，等等我！」

那一天起，母親已經在時光迴廊中迷了路，再也回不來。而他被迫要在母親迷失的迴廊中扮演著另一個角色，一個他陌生卻渴望見面的角色。

十 望你早歸

「每日思念汝一人，未得通相見，親像鴛鴦水鴨不時相隨，無疑會來拆分離。」

她總在迷宮中來去，每個迷宮上下交錯，她可以在迷宮中飛簷走壁，像隻螞蟻無視重力上下來去，每個出口都閃爍著螢螢燈火。有時在迷宮中她十七、八歲，有時不過六、七歲，時而是有幾個孫子的人，時而孩子還撒嬌膩在她的身旁，她在這龐雜的迷宮中似乎尋找著一個最後的目標。

十七歲還該是青春洋溢的時刻，軍官默默在夜裡收拾著東西，她起身要幫忙，「雪ちゃん，我自己來。」

他要她好好坐著。她坐在床上看著他的背影，只準備幾樣簡單的物品，剩下的全放在屋內，他說：「等戰局過，我過來接妳，再一起帶走就好了。」

她安靜點頭，也才安心一點。

他拿起一把剪刀默默裁下一搓髮，「這個妳收好！」

「我不收。」她堅拒。村裡太多志願軍出發前，都留下一張面無表情的從軍照，以及一搓髮或是一簇指甲，怕一去，人就回不來了，所以留下這些可供憑念的物品。她把軍官遞過來的頭髮打散了一地，飛散的髮絲像雨箭，刺了地板一身，他轉過身又剪了一搓，好好的放在紅紙裡，細細摺疊四方形，放置在梳妝台。

「雪ちゃん留著它，如果我發生什麼……也才能魂有所歸。」

她紅著眼低頭問著：「你是不是說過會好好照顧我？」

他點頭。

「你要好好守住這個諾言，我在這裡等你，如果你發生什麼事，就不用來找我了，我隨後就帶著孩子去天國找你。」

「就算我發生了什麼事，妳也要好好活著。」

「我是認真的，我會去找你。」

「雪ちゃん！聽我說，如果我發生了意外，妳要好好活著，把孩子生下來，改嫁找個男人好好照顧妳，這些黃金妳收好……」

「什麼黃金？我不要這些黃金，我要的不是黃金。我會等你的。什麼？不會、不會、我不會也不要改嫁，你別這麼說，我會死給你看的，真的，我會死給你看的。」

「柴田家只有這個孩子，妳要把他生下來好好扶養他長大，妳記得妳是柴田家的人，對吧？對吧！是不是？回答我，雪ちゃん，回答我！」

她總算屈服點頭。

才抬頭，迷宮又在她眼前開啟，一道道的樓梯一層層的圍牆像自有生命地發展，如植物般結實出一個個出口，她穿梭在每個出口之間來去尋找軍官的身影，她想回到當初的光景，要他隱姓埋名跟著她逃，逃到中國逃到山上，哪裡都好，這一次他們不會再分離。

「牛郎織女伊兩人，年年有相會，怎樣你若一去全然無回，放棄阮孤單一個。」

軍官在某個出口笑著，她追了出去，一個踉蹌，她站穩身才驚醒，站在紅色山茶花園裡，山茶花寂寞地被風刷出嘶沙嘶沙聲，像樹的哭聲，沙沙沙。她拔下一朵花別在自己的髮梢，一個孩子緊緊靠在她的腳邊也要一朵花，她摘了一段枝條遞給他，男孩開心咧著嘴笑。

看到男孩笑彷彿看到軍官，她心裡想著：柴田家的孩子我替你生下來了，我也該走了。

「美雪，天氣那麼冷，妳在外面做什麼？快進來。」

男人在屋內開了一小縫要她快進去，她牽著孩子進屋，男人一把抱住她，一手用力推了孩子說：「你去睡覺。」

孩子睜大著眼愣在原地，手裡還拿著枝條，男人搶過枝條，往孩子身上抽，邊罵著：「你這雜種，你是聽不懂人話是不是？叫你滾還站在這。」

男人是魔鬼，她擋在孩子前面，不說話，安靜牽著孩子的手背著男人要帶孩子到房間裡睡，男人高舉枝條，宣示著勝利。

她知道自己不能走，走了，這孩子怎麼辦？總要等孩子大了，她才能走。

開啟門，她牽著孩子的手進黑暗的房內，暗處裡孩子的手好溫暖。房間裡有人點亮了鵝黃的小燈，她的身形變成小小的躺在床上，手裡牽著的是她的母親。母親在她身旁睡著，她看著好久不見的母親，眼淚莫名流了出來，她用小手橫過臉上，摩擦的細微聲音驚醒了母親。

母親睜著眼，看著她問：「身體有沒有好一點？」

母親的手放在她的額頭，她才記起六歲時她發了一整天高燒，母親熬了粥照顧她。她笑著點點頭，把頭深深埋進母親的身子，暖暖的香香的，那是母親慣有的香味，母親叨叨念著：「這賣砂糖的生意越來越不好做了。」

她才不想管什麼砂糖的生意，她只想窩在母親的身邊，母親用手拂過她的髮輕聲說：「好好休息一下，媽媽去替妳煮個酒釀湯圓。」

她最愛酒釀湯圓，她也愛生病，只有生病的孩子可以吃熱呼呼的酒釀湯圓。濃厚的酒香伴著雞蛋還有湯圓，咬下一口湯圓裡頭的芝麻糊全都散了開來，她喜歡邊喝邊吃邊吸邊喊著燙，母親就會笑著要她吃慢點。

吃慢點母親就會一直陪在身邊，她知道。

她閉上眼，等著母親端酒釀湯圓給她吃。

時間過了好久，母親怎麼還沒進來？她微微張開眼，看到門邊有人，是母親嗎？那人從黑暗底走了出來，肥胖的身子，走起路來像抖顫的五花肉，她的父親堆滿笑臉說：「多桑幫妳找好了親事。」

「什麼親事？多桑，我才十六歲耶！」

「十六歲？十六歲就夠大了啊！」

上次那個叫陳士葆的的少年被攆出去後怎麼了？以前總看他躲在角落裡

覷她，這一次才見他走進她家門，拐著腳，像隻鴨子，左擺右擺，父親事後才說：「那傢伙也不看看自己幾分幾兩重，就算這村莊裡的男人全都被召去南洋當兵，只剩下他一個，他也別想。」

她並不在意陳士葆殘缺的身體，她喜歡他的眼睛，看她時那麼絕對，彷彿她就該是他的，她喜歡他瞧她的樣子，她私自覺得自己應該就是他的。

她還想問父親多一點，但父親總是如此，決定了就不容被變更。

緩緩步下床，她走到鏡前靜靜梳著髮，鏡中的自己看起來依舊，身後突然站著一個著軍服的男子接過梳子，幫她細細梳著。軍官話很少，但總溫柔看顧她，用眼神用肢體用行動。

「陪我到屋外看茶花好嗎？」軍官問。

她點頭。

他替她拿來一襲大衣，讓她可以將整個身子躲進柔順溫暖的衣物裡，他吩咐下人端壺茶還有點心。晚風裡，軍官緩緩走出廊外，月光下，他湊鼻在茶花前深吸著花香，那模樣像個大孩子。她喜歡看他的側臉他的鬢角他的鼻翼，喜歡他堅毅的神情，她也不知道自己為什麼會愛上這樣的男人。或許他總是在忍耐，忍耐著國家交付給他的任務，忍耐著大小事務，也忍耐著對她的愛慾。

初夜，軍官比她還緊張，沒有別人口中的粗暴，像個孩子，不知所措。

她反倒自己主動握緊他汗濕而冰冷的手，放在自己胸前，用她的胸替他溫暖。

他把耳朵靠在她的胸前，閉著眼睡去。

他在她的面前永遠像個可愛的大孩子。

庭廊深處傳來聲音，她聞到茶香還有點心味，撇過頭，軍官鬢角已白，

「原來我們都這般年紀了！」她心裡想，身旁的男人開口：「媽！茶涼了，先喝點。」

「若是黃昏月娘欲出來的時，加添阮心內悲哀，你要和阮離開那一日，也是月要出來的時。」

每道迷宮的每扇門後，都隱藏著過去，剛開始她很害怕，怕開了門進了迷宮就回不來了，但後來，她倒渴望一次又一次回到每個時間點。她知道自己不能改變什麼，什麼都不能，只能看著這些劇本展演發生，她只是其中的配角，所有的劇情她早已熟練，每每不會失手。

就算痛，痛徹心扉，她也甘心接受，因為只有這些時刻，她才能再見到那些人，她的母親、她的多桑、軍官甚至那個名叫陳士葆的男人。她不恨他，她心裡感謝著他，沒有他，河上只會多兩條冤魂，也少了柴田家的孩子。

但多了一個柴田家的孩子又如何呢？

她當初若真是帶這孩子回去，不是母子倆被趕了出來，不然就是孩子被強留在日本，她一人被迫回台灣。不管哪個都一樣，柴田家不需要這個孩子，但她需要，軍官需要。這孩子見證了她的愛情，哪怕是自己被父親當成商品的一部分，或是被其他人當成漢奸走狗也無所謂，她要這個孩子好好活著，在她身邊。

但不要孩子知道更多，她的兒子都半老了，她知道自己的時間也不多了，她要把這些秘密都一起帶走。

她想到日本戰敗彼當時，日本天皇在廣播中宣布無條件投降，台灣人歡聲雷動，父親苦著張臉，鎮日坐在屋內。傭人都走了，一個跟她要好的阿珠還是時常跑來跟她說一些消息。

「有日本人說要台灣人民站起來，反抗中國接收。說實在話，我們這些小百姓能過生活就好了，誰來不都一樣。」

「結果呢？有人有答應嗎？」

「聽說台灣總督反對，還殺了一些想做亂的人。」

「你想中國來這接收，對我們有好處嗎？」

「無免想那麼多啦！日子還能怎樣？戰爭過了，有飯吃可以安穩睡就好了，若是沒飯吃不能好好睡，再想辦法趕他們回去吧。」

「我多桑一直擔心，怕……」

「不用怕啦大小姐，現在怕有人趁機作亂，有義勇糾察隊在維持秩序，不會隨便亂來的。況且如果有人來亂，我會把他們趕出去的。」

阿珠才走沒多久，一些欠債的人果然趁亂要闖進來，父親拉著她就要逃，夜色中哪裡才是歸途？越跑越靠近河流，父親說：「被那些狗畜牲搞死，不如我們自己死。」

父親拉著她，逃在夜裡，要沉入河中。

暗黑冰冷的河裡，她只想著活，她要活出一口氣來，抓住蘆葦死命爬上岸，她想著這個時候只有一個人可以救她了。

結婚後陳士葆總瘸著一隻腿對她抱怨：「那些外省教師真不知道在搞什麼，明明是外面調配來的還想坐大位。不過那些學生也要識大體，現在局勢還不明朗就急著抗議，一定會出事情。」

陳士葆的話言猶在耳，一些學生就在二二八事件後組織自衛軍。她聽陳士葆擔心那些學生要去勸阻，她已經失去了軍官失去了父親，不能再失去最後一個依賴，她說：「那些孩子你肯定管不住了，但你還有其他孩子要管！」

她手裡抱著剛出生的陳家孩子，肚子也攏著一個。

「這……我去看一下，等下就回來。」

「你去看一下就回不來了。」

「妳是在做什麼？我不能不去……那些孩子，都只是孩子啊！」

「外面都是軍隊，你要怎麼去？」

「我跟他們說我是老師，要去勸那些孩子出來投降。」

「軍隊不會說你是要加入他們的同黨？學生不會說你是間諜？不要去了，算我求你好不好？外面那麼亂，就算你不顧平和也要顧我手上牽的，還有肚裡的。我死過一遍來求你，你要是不在，要我帶著這三個孩子去求誰？」

陳士葆總算坐下，她才安心。儘管他瘸著腳，身世不夠顯赫，不被她父親看上眼，雖然他因身體殘缺逃過被徵召到南洋而被取笑，雖然他跛著腳，卻全心全意地愛她，連滿腔熱血都願意為了她放下，她知道自己沒有選錯人。

三月八日有人傳來彭孟緝處決三人，其中一人還是雄工老師，當初為了阻止學生暴力滋事而隨著學生待在高雄中學，卻被冠上煽動學生暴動、率眾圍攻火車站破壞交通圖謀不軌的罪名。

聽完消息，她癱坐在椅子上大口呼吸，靜靜流著眼淚。

那日之後，陳士葆彷彿也死了，沒有以前的熱血。她無所謂，只要他還在這個家就好。人在，魂卻去了一大半，夜半，常見他無來由發脾氣莫名哭泣，伏首桌前振筆疾書。她趁他不在，偷偷去書房看他寫了什麼，都是一封封寫給那些死去的學生死去的同僚的信件，信裡交雜著不安不甘不捨。或許是那些負面情緒，也或許是那些幽靈受陳士葆召喚進而盤據於此，只見他的身體越來越差，剛開始幾年只是小病，休養幾天就好，去檢查也診斷不出個所以然。

二二八事件之後，來台官員認定他們都被奴化成「中國人日本腦」，於是另一波等同於「皇民化」的推行「國語」教唱「國歌」運動。以前日本人在時她不能公開講台語，如今國民政府接收台灣她也不能講習慣的日語和台語。陳士葆留學過中國一年，國語流利，也教她說得一副標準話。

又過幾年，陳士葆生病日數拉長而身體越來越糟，只好被迫在家休養，花錢如流水也養不好他的病。她沒怨過，畢竟陳士葆救了她和肚裡的孩子，她為了他生了五個子女，那些孩子圍在床前，陳士葆病得起不了身，卻問著：「平和呢？」

「在外頭工作還沒回來。」

「都怪我……我這個身體，還不如早點……」

「我不許你這麼說，還記得嗎？我跟你說過『我只能靠你了』，以前是，現在也是。不要說這些有的沒的，好好養病。」

「我這病是不會好的。」

「你又在胡說什麼？」

陳士葆一一叫過那些孩子的名字，孩子又靠近他一點，他一字一句虛弱地說：「阿爸不在以後，你們要好好聽阿母的話，也要好好聽平和哥哥的話，知影無？」

孩子異口同聲答應點頭，他才安心又睡。

「阮只好來拜託月娘，替阮講乎伊知，講阮暝日悲傷流目屎，希望你早一日返來。」

她看著外頭日頭西落，想著平和也快回來了。如果平和早點回來那就好了，這些話他就會聽得清楚，不會再怨他阿爸了。她踏出門，卻發覺周遭的景色不斷變動，叭叭叭！她看清楚自己所站的地方，原來是十字路口，別叭了，她心裡抱怨，往前拖移著身子，想了想，才又記起回家的路。

這一次不會再迷路了，她告訴自己。

十一 成長代價

他還記得那個畫面，國小二年級要過馬路時，一輛灰黃車子野獸般將他撲倒，一下子迅逃消失在夜色中。他認為沒怎麼受傷想站起身來，才發覺一隻腳完全不能控制，像被折斷的花莖再也立不直，他第一次感受到身體不是自己所能控制的而放聲大哭，哭聲引來屋內的父親母親姊姊。

父親抱起他，滴答滴答，他以為下雨了，抬起頭才發現是父親哭了，這是他第一次發現父親也是有感情的。一直，父親在家沉默少言，他還以為父親只是賺錢來維持這個家的木偶，他被送到醫院，才想起忘記跟父親說自己的一隻鞋不見了。

那隻鞋像遺失的拼片，甚至連獨留下來的那隻左鞋，等他出院也不知被收去哪裡。

住院時，母親總燉煮著土虱來替他補筋骨，但多數時間他一人處在空盪盪的醫院裡。有時他感覺有雙大手摸著他，睜開眼，誰也沒有。他在醫院裡學習怎麼與寂寞共處，母親替他帶來許多書籍，他藉著那些故事綜橫古今來去中外。有時夜深，半夢半醒間總會有個大影子站在床邊，似乎看顧著他。

他不知道那是誰，一天姊姊來，她斬釘截鐵說：「那是阿兵哥叔叔。」

他笑著念：「阿兵哥吃饅頭，看到查某軟膏膏。」

「你小時有次亂跑跑不見的時候，也是阿兵哥叔叔跟我說你在哪裡的。」

「阿兵哥叔叔是鬼喔？」他要姊姊靠近一點，他靠在姊姊耳朵旁小聲地問，怕誰會聽見。

「是守護靈啦！你沒聽說每個人背後都有守護靈嗎？」天花板的日光燈幽幽地亮著。

「那妳自己的守護靈呢？」

「我又不能轉頭看到自己的守護靈。」

「那爸爸的守護靈呢？」

「是阿兵哥叔叔。」

「媽媽的守護靈呢？」

「是阿兵哥叔叔。」

「阿嬤的守護靈呢？」

「是阿兵哥叔叔。」

「哪有每個人的守護靈都一樣，都是阿兵哥叔叔？」

「就真的啊！」

他只記得從此之後只要心裡有話，就會悄悄對著黑暗裡說。他知道姊姊不會騙人，阿兵哥叔叔一定在他身後保護著他，只是他害羞，所以躲在每個人的身後，只有姊姊看得到他。

回想到過去的事，他總算開始有點明白關於秘密這類的東西，並不是他專有的產物。他有自己的秘密，姊姊有，父親和母親也都有，他不知道奶奶有沒有，或許有也或許沒有。秘密像拼圖中的缺片，那些缺片總被人特意的隱藏，或許他們手中各持了幾片，曾如他覺得身為同志是個秘密，姊姊、父親、母親和奶奶呢？他們手中又各拿了哪些秘密的拼片呢？他知道只要有耐心，這部家族史的拼圖他會慢慢使之顯露。

是不是完成這幅拼圖，大家就能快樂地永遠在一起？

是不是理想家庭也就被拼湊完成？

近午，母親匆匆出門，他和人有約也隨後赴約，和朋友走在街頭瞥見母親與另一個男人在餐廳內親暱地膩在一起，他才知曉秘密的花朵始終躲在某塊暗地悄悄綻放著。他一直以為自己的秘密是一股莫大的波浪，可能會將家裡所有人淹蓋其中，甚至將他所乘坐的木桶子給打翻。但是，除了那一晚母親的啜泣聲之外，隔天，再隔天，再後來，沒人再提過這件事。他甚至懷疑起自己是否已經跟家裡談論過這件事，或只是夢境一場，那些話語就這樣消失在這個家中。他不知道這樣算好或不好，或許「家」本身就具備這樣消化任何狀況的能力。問題不是不存在，而是每個人都默默忍耐著。

所謂的秘密像拼圖一小塊一小塊被拼湊出來，母親的笑臉，那陌生人的笑臉，他在街上看著出愣，直到朋友叫醒了他，他在他們兩個身上似乎看到姊姊的影子。那些雲霧般的黑影子被風吹開，有種東西逐漸顯現影像，姊姊的長相雖然和母親如出一轍，但五官的位置及臉蛋的神韻像極了眼前那名陌生男子。「啊！」他嘴裡輕呼一聲，心臟跳得快速，在他腳步離去之前又抬頭看了他們一眼。那一眼，在半空中和母親的視線正對上，母親的笑容如枯萎的花一下子謝了一地，母親的手像退回洞穴的蛇縮了回去。他快步逃離假裝一切無事，和朋友繼續在城市的街道中恍神漫遊著。

回到家門，姊姊坐在客廳椅子上看著書。

「媽呢？」

「還沒回來。」

他仔仔細細看了姊姊一眼，再望向牆上父母親年輕時的婚紗照，他回到房間拉開抽屜，一些信件安安靜靜地躺在那裡。那些信件是以前從母親未嫁前的房間衣櫥內偷偷「借」出來的，他總算知道信件裡的內容有時不見得是浪漫的過去，也有可能是殘酷的事實。而那些事實……他躊躇了一會，那些信件他已經看過好幾回，大抵上都是信中男子交代生活週記般的枯燥乏味，但也不乏愛你愛我之類的肉麻話語。言言總總，他像是拼出了某塊不該被拼出的拼圖畫面一樣，他開始後悔自己不該窺探母親的過去，也不該誤撞見母親和那陌生男子。雖然他不願意承認，但是他確確實實拼出了某塊事實，那塊事實嵌在現實中，誰也拿不掉。

「碰！碰！」隨著敲門聲，姊姊無聲無息進來，坐在他床邊。

「怎麼了？」他問，那些信件也被急忙塞入抽屜裡。

「有些事情不知道該不該跟你說，後來想一想還是先說了吧！」

「什麼？」

姊姊拿了一疊鈔票，一千元的厚厚一疊，她把錢遞在桌上接著說：「給你！」

「挖靠！真的假的？老姊妳啥時變得那麼凱了？」

「真的！」他姊姊直視著他的眼說著：「姊姊就要出家了，你還在讀書可能需要一點錢，以後姊姊沒辦法照顧到你，所以留了這些錢給你零花，省著點用。也希望你能幫姊姊多照顧爸爸媽媽，不要把家裡的人當成是你的敵人，沒人是你的敵人，只是還不瞭解，等瞭解了，一切都會回復到原來的樣子……」

姊姊的話尚未說完便被他打斷，「等一下！等一下！妳剛說妳要做什麼？」

「出家。」

他總算聽清楚了，「爸媽知道這事嗎？」他小心翼翼地問。

「嗯！在你出櫃的前幾天我才剛跟他們說過。」

「他們怎麼說？」

「還能怎麼說？」姊姊苦笑，那抹淡淡的笑像隨水漂逝的紙鶴，一下子就消失無蹤影。

「阻止妳啊，不然還笑著鼓掌嗎？」

「媽說要我在明年農曆年前好好考慮，如果時間到了還是堅持自己要走的路，那他們就會放手。」

「這樣啊！」他手裡握著姊姊傳來的一疊鈔票，卻不知道該繼續說些什麼，如果他能理直氣壯告訴別人身為同志沒有什麼不好，那麼他又有什麼資格去質疑姊姊為什麼要出家呢？原來當他只注意自己事情的時候，家裡正悄悄變化模樣，他不知道該把手裡的拼圖拼向何處。

「那個……」他才抬起頭，卻發覺所有話語都被哽住說不出。

姊姊摸了摸他的頭然後退出房間，等到只剩下一人在房間裡，他才放心落淚。母親的外遇，姊姊的出家，讓他突然覺得父親和他是被人遺棄在家裡的兩個人。時間繼續以固定的步調前進，他望著自己牆上那每一幅花了很多時間拼出來的圖樣，還有地上那一些尚未拼湊完成的。他走出自己房間打開父親的書房，大大的日本地圖就貼在牆上。

「父親這一次可真的是卯足了勁做功課。」他心裡想著。

「為什麼不參加旅行團不是比較方便嗎？」

父親退休後除了原本的養花蒔草之外，開始去補習班上日文課，在家中，語言學習機的朗誦聲音也不斷從喇叭裡傳出來。父親總是戴著老花眼鏡專注地看著書，嘴裡大聲跟著複誦，像是個剛上學認真課業的小學生一樣。意外的是，父親的日文學習比他想像中的更快，差不多半年多的時間，據父親表示已經約略可以看得懂NHK的無字幕日本節目，有時父親低頭寫著東西，電視日本綜藝節目傳來的某些片段，會引起父親呵呵的笑聲。甚至，有時父親口中會吐出他陌生的語言，只有當父親見他一臉錯愕時才會發現自己那不自覺逸飛出的語彙，接著便會用中文再說一次。

他覺得父親變得好陌生。

他坐在父親的椅子上。退休前父親每週都會去祖母那邊一兩次，退休後便增加為三四次，有時勤快一點甚至一天去上兩次也有可能。父親曾說：「祖母的狀況有點不太好，有時她連自己在說什麼都不太清楚。」

「會不會是老人癡呆症？」母親擔心問著。

父親沒有回應，一家人又靜靜地吃著晚飯，沒人繼續追問下去祖母的身體狀況如何，怕父親不高興。

他此刻隨意翻著父親桌上的旅遊書，思索著上次在報紙中看到的一篇報導，大意上是說台灣平均每五對夫妻之中就有一對會離婚，其中兩對曾經有過外遇，這樣的高比率讓他咋舌。他也曾經想引用這樣的數據來告訴他周遭的異性戀朋友，「你們看看！新聞每次都亂報導同志的私生活有多亂，其實你們也好不上多少。」

他的憤世嫉俗不只這點，當他看到異性戀男女的性交易新聞、異性戀男女的轟趴新聞、異性戀男女的嗑藥新聞、異性戀男女的情殺新聞、異性戀男女的犯罪新聞……他把那些新聞一一剪下分類收集好，只為了提防當別人質疑他同志生活污穢不堪入目的時候，有個依據可以告訴他們，「根據事實上的新聞比例，你們，你們異性戀男女的生活更加淫亂不堪，才是社會問題的根源！」

他在鏡子裡演練過這齣劇碼上百千次，不過顯然的是他的憤世嫉俗在生活中並沒有派上用場，父母親及姊姊並沒有質疑他的生活形態，他的朋友也從來沒有帶過敵意，他才知道原來自己才是真正的敵人，把別人排拒在外的敵人。

思緒紛亂就像他翻起的書頁一樣，一頁頁自他手上飛落下去，某一頁飛落出來橫躺在地上。他拾起，黑白的古老照片，他仔細看那是年輕時的祖母，笑容可掬，依偎在穿著軍服的男子旁邊，那男人的臉和父親相似。他仔細地看著，這時才發現所謂的基因這東西就像是個巨幅的拼圖一樣，慢慢地拼湊出一個人的外形容貌。

他想像著，如果剛出生時他被人抱錯而到其他家庭，他的容貌也會照基因的安排而逐漸與親生父母有雷同之處，或許在某年某地的某次偶遇，會不自覺的盯著某張臉，那張臉與自己刻畫出差不多的線條，等到錯過身，對方融入人潮背影中再也尋不著之時，才會猛然地興起一股淡淡的懷念之情。這樣的電影情節他知道不會落到自己的身上，但是會不會落到父親身上呢？他霎時覺得自己似乎可以瞭解父親那麼急於去日本的念頭。

「喀擦」一聲開門聲，他將照片重新夾回某一頁書頁之中，讓它繼續安穩地沉睡在那，彷彿從來沒人打擾過它一樣。

他走出父親的書房，探頭一望，是母親回來了，母親開口叨念著：「爸爸還沒回來嗎？」

「嗯！」他答。

姊姊坐在拉門旁，花香乘著風盈滿整間屋子，他關上父親的房門窩到姊姊身旁，躺在地板上蜷著身體。他彷彿一下子回到自己年幼的時候，姊姊說著手中的繪本故事，故事中長大的小熊到處問著森林中的動物，「為什麼我的爸爸媽媽不要我了？」

繪本中的每個動物都苦口婆心地告訴他：「因為你長大了，所以要獨立生活了。」

聽到這，他才知道，原來長大的代價真高。

長大的代價就是要承擔寂寞，長大的代價就是要承擔秘密，長大的代價就是要裝作一切都沒發生，長大的代價就是要假裝一切都不知道，長大的代價就是要學會怎麼和家裡的人分離。他側著身趴伏在地上，一個灰撲撲的身影順著風滾動過來，就落在前方的溫牛奶杯旁停了下來。落日陽光斜射下來，那光束中的微細粒子一顆顆懸浮在半空中，他覺得那灰壓壓的霧狀形體，是一個人的樣子，他不覺得害怕甚至有點熟悉。他試著伸出手要摸摸，手一探卻整個穿透過去，那形體完全沒被打擾到的樣子，依舊低頭舔舐著杯中牛奶。風起，把杯內畫出一道道的漣漪，像笑臉。

姊姊摸著他的頭，另隻手把杯子舉高，那團霧像是用兩手捧著被舉高的杯子似的喝了起來。

「你們兩個在做什麼？」母親的聲音從後方傳來。

「沒！」他們同時答，而姊姊對他眨眼笑著。

「那是什麼？」他小聲地問。

十二　潘朵拉盒

「那是什麼？」弟弟小聲地問。

「很難解釋。」她不知道該不該告訴弟弟。從小就沒人把她說的那些當成一回事，等再大一點大家開始害怕從她口中聽到那些不存在的、肉眼看不到的事物。有些人熱衷地想瞭解那些事物的存在，甚至當她指出某個牆角有東西在那的時候，那些人會用手用腳用身體打擾那個物體，而那些物體有些時候會逃開，有些時候會被踢得全散再慢慢重組成原本的形體，有的甚至蕩然無存，一些則痛苦扭曲著。見到它們痛苦模樣，她就決定再也不說關於那些人們看不到、接觸不到的事物。

「是鬼嗎？」弟弟問著。

「是小精靈。」

「不像！是鬼。」

「是鬼。」

她看著妹妹喝完後滿足地攀爬上緬梔花上頭，快樂地鑽上爬下，弟弟開口問：「那東西呢？」

她的手指著緬梔花。

「看不到了。」弟弟說著。

「這樣啊！」

母親在廚房內，鍋啊鏟啊的聲音不斷像流水聲一樣，在身後緩緩流動著，那固定的節拍韻律是他們聽慣的。她瞥了廚房的母親一眼，母親沒換下那套出門時穿的衣服。出門前母親的光影看起來帶著愉悅的光芒，現在光芒裡始終漂浮閃爍著黑色光影，像是一些不快樂或是擔心的事物，在裡頭不斷跳動。

她可以輕易根據那些火焰、光影的狀態來判斷一個人的情緒好壞，或是誠實說謊與否。

「妳還沒說那是什麼？」弟弟追問著。

她猶疑了會後才緩緩開口，「其實在我之後在你之前，爸爸媽媽還有個女兒，我的妹妹、你的姊姊，不過出生後沒有多久就生病死了……」

「死了？」弟弟在口中咀嚼著她的話語。

「那一段時間我一直聽見妹妹的哭聲，想說是不是妹妹肚子餓了還替她泡牛奶，但是爸爸媽媽很擔心我的狀況，因為他們什麼都看不到也聽不見，只有我可以聽到那種急切無助的哭喊聲，後來爸爸媽媽覺得我生病了，帶我去看醫生。顯然醫生只是認為我很寂寞，所以幻想著逝去的妹妹還存在。我可以感受得到妹妹的模樣，甚至當她纏繞在媽媽身體上時，我也可以輕易把她抱下來。實際上，對我來說她是一直存在著的妹妹。」

「我還是第一次聽到這件事，這……在家裡算是個秘密嗎？」弟弟問著。

「我也不知道，算嗎？大概大家都選擇遺忘，畢竟沒有太多的空間來裝過去的記憶和痛苦，算是個秘密吧！」

「妳看得到鬼？」

「只能看到部分的，有些我感覺得到但看不到。」

「聽得到他們聲音？」

「大部分是聽不到的。」

「那……」他弟弟欲言又止。

她可以看到許多的小黑點越冒越多，像是小小蟲一下子紛飛聚生在一起，接著成為一大塊，盤據弟弟頭上。

「什麼問題那麼困擾著你啊？」她試著問。

「每個人都有自己的秘密嗎？」

她繼續回答：「或許每個人都像月亮一樣。」

「像月亮一樣？」

「不會把陰暗的一面給別人看啊！」

「今天下午我和朋友在街上，看到媽媽與一個陌生男人坐在一家店裡，看起來好像很要好的樣子。」弟弟說：「妳說，媽媽是不是有外遇啊？媽辦聚會的時候，那個人好像也有來過我們家幾次。」

她的腦海裡一下子浮現出那男人的身影，她知道弟弟說的是誰。那個男人和母親對話時光線明顯變成熱情的顏色，母親也是，而他們的顏色基調和她自己的有些類似。她注意過那男子的臉，某些東西像是煙霧一樣的，會慢慢往她和母親的身上靠攏，她知道那些東西的含意，只是假裝沒看見，她也不想探究太多。當她聽到弟弟這麼說時，她心悸了一下，接著勉強拉起臉上的笑容說：「媽媽是大人了！她會照顧好自己的，別想太多。」

「那爸爸怎麼辦？」弟弟說著：「還有……」

「怎麼了？」

「我們家好像隱藏著許多秘密似的。原本，我認為自己不被家裡的人注意，覺得大家都不瞭解我。現在，我才知道實際上我也不瞭解爸媽和妳。我不知道媽媽有外遇，我不知道妳想要出家，我不知道我還有個姊姊，其實我不知道的事情還很多對不對？我只是一味要求大家瞭解我、體諒我，但我卻從來沒想過要關心家裡其他的人。」

「阿弟，每個人本來就有個潘朵拉的盒子，那些盒子一個個被收好藏起來，並不是代表那些盒子裡面有見不得人的東西，有時候，反而是一種善意，或許那些事物並不值得讓大家一起共享。時間會淡化一切，時間也會讓情感慢慢沉澱下來，也會讓每個人思考得更多想得更透澈。給他們時間去解決，不要逼迫他們提早面對那些他們不想面對的事。就像你的出櫃一樣，或許是你考慮了一段時間之後才做出來的決定，而爸爸媽媽也需要時間去思索。」

「妳等一下！」弟弟說著，跑進父親的書房拿出一本書，遞到她的眼前說著：「妳看！」

接過手，書的扉頁像是一扇門被劃了開來，一張照片橫亙在入口的地方如一把鑰匙，她拿出鑰匙闔上了那扇門，她看了照片一眼，知道弟弟所指的是什麼。

「爸爸的秘密？」弟弟皺著眉問著。

「或許吧。」

她把鑰匙又塞入那扇緊閉的門內。

「所以老爸才那麼認真在學日文？所以才決定要走遍日本？那代表什麼？」

「一種鄉愁吧！」她說著。

「這個人是妳小時候跟我說的『阿兵哥叔叔』？」

「你還記得啊！我還以為你忘了！」

「他一直在我們這個家？」

「常常，但不是一直，我知道有時他會去阿嬤家。」

「守護靈的工作也要排班分時段喔？」

「不是這樣。我試過，像是一種意念，有時當我想見到他的時候，他就會出現。有時我沒想他，他卻出現，就知道大概是誰想念他了。」

「莫非每次我心裡想著『阿兵哥叔叔』時他就會出現？」

「你說呢？也是有可能。」

照片中的那個男子她偶爾會看見，有時在祖母家中，有時在自己家中，對她來說並不陌生。他總是不苟言笑地站在庭院中父親親手照料的那株山茶花前，有時他發現了她的注視，會對她頷首笑著。有時他會任由妹妹那灰撲撲的身形爬上爬下，或是抱著妹妹坐在緬梔花底下。有時他不在家裡的庭院，她知道，他一定就是去了祖母家。

更小的時候，她手指著庭院那株山茶花，嘴裡說著：「阿兵哥！」

祖母和父親瞄了她一眼，祖母問著：「什麼阿兵哥？」

「那裡！阿兵哥！花花！」她手指著前方。

父親將她的手指硬扳了回去，將她身子一把抱進懷裡，對著祖母說：「雯雯這孩子，從妹妹過世之後都會這樣。醫生說可能壓力太大，所以會有一些不切實際的幻想。」

祖母不說話，嘴角顫動著，像是要說什麼，說不出口只好任由眼淚代替自己說話。阿兵哥的身影走近祖母，用手輕抱著祖母，風吹過那一樹的山茶花，紅色的花，像是跳躍的火焰，燒痛了祖母的心。

「媽！」父親說。

祖母直視著庭院的山茶花，卻看不到身影幾乎和她交疊在一起的那個阿兵哥。回家被父親警告之後，她就再也不敢在祖母面前提起這些事，更遑論祖母家裡的另一個身影，總坐在二樓窗邊，戴著金框眼鏡往下注視著所有人。她注意到阿兵哥叔叔和另一個身影感受不到彼此的存在，他們的注意力只集中在祖母和父親那兒，只有某些時刻會放在她和弟弟身上。

不過，常常在花開的季節，當祖母坐在長廊外喝著茶，她在一旁吃點心的時候，阿兵哥叔叔會坐在祖母一旁，安靜地看著祖母，而手就交疊在祖母貼在地板的小手。祖母偶爾像想起什麼似的笑了，阿兵哥叔叔也會跟著笑，庭院裡的紅色山茶花，也會像笑顫了似地搖動著。

阿兵哥叔叔的身影和父親婚紗照年輕油亮著頭的樣子差不了多少，所以她對弟弟遞來的那張照片並不陌生。

弟弟轉身又把書放回父親的書房，走了出來，他們像小時候一樣坐在一起。

「長大了，好像失去很多東西？」弟弟說著。

「其實是得到更多吧！你不說說你和『朋友』的事嗎？」她特地加重「朋友」兩字的重量。

「少來，別逗我！」弟弟害羞似地說。

「不管怎麼樣，姊姊都希望你能幸福。不只是你，我也希望媽媽能幸福，爸爸、阿嬤也是，這樣就好了！」

「媽媽有外遇就能幸福嗎？」

「有時人的相遇只是為瞭解開一些心裡的結，只是解開緣分並不結緣，你就別擔心媽了。」

「如果媽跟那個人走了，那爸怎麼辦？」

「不會的。」

「妳又知道了，妳會算命喔？」

她只是笑笑。

「喀擦」門把轉動聲，她和弟弟回頭，父親踏進家門，她覺得父親的顏色有些幽藍，那是哀傷的顏色。幸福的顏色通常是黃色中帶著點橘色，紅色是熱情，綠色是冷靜，黑色是煩惱，灰色是思索，白色是白日夢……

「爸！回來了！」她和弟弟同時說。

母親從廚房也說著：「回來啦！再等一下就開飯啦！」

父親沒有回應只是靜靜進到房間裡頭。

「怎麼了？」弟弟問著。

她聳聳肩。

母親也從廚房轉身，口中的嘴形彷彿也在說著：「怎麼了？」

十三　旅人再見

「怎麼了？」她無聲地開口，像暗夜中悄然綻放的花，接著拍拍手上的油漬，打開水龍頭，沖了一下。整桌的飯菜已經擺置在那，四人的餐桌似乎等待著大家坐齊。

「雯雯，把餐桌整理一下，等會要開動了！」她對坐在拉門旁的女兒說著，邊脫下圍裙掛在牆上，轉身出了廚房進到房間。

天色已漸昏暗，丈夫漠然躺在床上盯著天花板，丈夫沒開口，她也沒說話，靜靜躺在他的身旁，把身子微微拱向他，感受丈夫呼吸急促，有點哽咽、抽搐著身子、倒吸著鼻息，有點像是感冒的樣子。她知道自己只能安靜陪在他身邊，等他開口，等他把情緒沉澱一點，那些話語便會像滿出來的水一樣溢出來。

「媽的狀況好像更糟了。」他說。

「怎麼一回事？」

「今天媽媽的神智比以前更糟糕，我跟她說什麼她都沒辦法瞭解了，還一直把我當成我多桑，嘴裡咕噥著一連串的日文。我跟媽媽說要不要一起去日本玩，她甚至跟我說……跟我說……」話一下子溢得太快，將他胸腔積得都是話語，於是又哽住，說不出話來。

她睇凝著他，一個陪她度過千山萬水的男子，如今像個無助的大孩子一樣哭了起來。她嫁給他當晚，他們只行房過一次，她當時勉為其難與他做愛，但轉念之間想到，這樣會不會傷了肚裡一個月尚未成形的孩子，接下來她就以各樣的理由逃避著周公之禮。而他，默默承受，一直到她肚子真正大了起來，他也沒說過和問過任何一句話。孩子出生後，他開心地到處接受別人的祝賀，甚至有些人的無心之言，「跟爸爸不像，跟媽媽倒是一模一樣」，他也不在意。

嘴裡笑開懷著：「像我哪好，女兒像媽媽最好！長大準也是大美人一個。」

她知道他知道。

她對他心裡永遠只有謝，就算那段時間他們夫妻兩個只能賺取微薄的薪水，其中大部分他要拿回去孝敬母親，她也沒說過半句。不過他仍用他微薄的薪水給了她一個家，給了她一個可以躲藏的小小王國，他是這王國的王，而她是王后。他努力，她想著自己也要努力，所以離開那工廠，決定出來做保險試著走出另一片天，她沒辦法想像每天在工廠與數千人窩在那裡可以造就自己什麼。他從沒反對她做的一切決定，他把她也把兩個孩子當寶。

重見了那旅人，她有意邀請旅人來這，只為了等待旅人是否發現她隱藏已久的秘密，但旅人終究沒發現，或許旅人發現了只是隱藏得好，但她丈夫的眼神卻是一陣錯愕。那一晚，她發覺丈夫變得更加沉默不愛說話，或是話題一開便停不下來，嘴裡不斷說著：「雯雯長大了！還沒聽說有男朋友，妳說我們該不該替她介紹啊？不過那麼乖的女兒要嫁出去還真捨不得。妳知道嗎？前陣子我們『董耶』嫁女兒，結果他年紀一大把哭得比他女兒還慘，大家回辦公室時一直虧他：『又不是你嫁，哭那麼慘做啥？』妳說，說不定改天要我把女兒送出門，我可能……」他叨叨續續，像從機器風口不斷滾出的糖絲，一圈一圈滾成一大團的棉花糖。

她知道他知道。

雖然他話不多，但是他什麼都知道。儘管如此，她還是想冒險重返那過去的青春，她想探究一下自己逝去的是什麼。雖然她始終覺得「那些都過去了」，但如果命運之神又給了她一次機會呢？她能視若無睹地走過嗎？

「不能！」她如此的回答自己。

如果自己母親還在，一定會念她幾句：「妳這孩子都這麼大了，還是不會想，大人樣孩子性。」

但她就是這樣，若沒做怎麼會知道結果是什麼，受了傷也沒關係。但她轉念，自己受傷還可以躲起來偷偷療傷，總不能拖整家人一起受傷。

那旅人碰了她的手，她沒躲避；那旅人約她喝咖啡，她輕鬆赴約；那旅人在床沿吻她、撫摸她，並且如同過去的回憶一樣，像條軟疲的蟲癱在她的身上蠕動著，她一樣承受。她知道有些東西的確是過去了，她可以確定的是，命運之神只是讓他們相遇，並沒有期待更多的故事發生。是她自己，是她自己讓這一切發生。直到下午，她瞥見兒子那驚愕的口，像是一套枷鎖將她禁錮，她才猛地發覺自己怎麼會坐在那邊，她的笑容瞬間凍結，手像被人砍斷在桌上的蜥蜴尾巴一樣，她使勁將手拉回。她知道兩人膩在一起的回憶並不能帶給彼此再多火花，只是把過去殘存的美好給吃盡。

「怎麼了？」那旅人問。

「沒！」她發現兒子低頭快步離去的背影，那一瞬間，她明瞭自己只想掌握住現在所擁有的一切，那個幸福的家，其他的都是多餘。

她想追上兒子告訴他：「媽媽不是你想的那樣！而且媽媽想告訴你，那一天晚上媽媽很抱歉，不是故意要傷害你的。只是因為媽媽不瞭解，或許有點害怕你受傷，被別人瞧不起，但是我會努力去瞭解你的。」

此刻，丈夫在一旁繼續說著將她拉回到現實：「當我跟媽說要不要一起去日本玩的時候，媽以為我是那個日本軍官，跟我說：『要回日本了嗎？我準備一下。』妳說，媽是不是真的已經完全不行了？」

她安慰身旁的丈夫：「這種病聽說都時好時壞，我聽過幾個客戶家裡的人也是這樣，生病的人搞不清楚現在的狀況，但下一刻就又恢復正常了。你先不要擔心，明天我們一起回去看媽，如果狀況真的很不好，再連哄帶騙把媽接回來和我們一起住好了，反正這裡也有她喜歡的山茶花，你說好不好？」

他像被擱置在地上的魚，大口吸著氣，只能用力點點頭。她用手橫過他眼角不斷滑落的淚，她像安慰個大孩子一樣地說著：「沒事沒事，不哭了。」

「我怕……我怕媽不行了……我怕……孩子都大了不要這個家了……我怕……連妳都要離開我了……」

她聽得心被緊揪，自己都難呼吸：「不要怕，媽會好起來的，孩子都大了有自己的想法就不要擔心，我是一定會一輩子賴在你身邊的。你沒忘記自己說過要照顧我一輩子的吧，不要賴皮啊！」

她懷裡的男子窩在她的胸前嚎哭著，她抱緊他的頭說著：「別哭了，擦一下眼淚，孩子都在等你開飯，你還是一家之主別忘了。先去吃一點飯，已經煮好了。」

她看到他無助的樣子，更加確定某些事物該被留在過去不該帶往未來，她兒子吃驚的臉，她丈夫無助的臉，都在在顯示著他們需要她，她需要走回原本的道路上，不該沉滯在過去風景之中。她將臉靠在丈夫的胸前聽著那強壯有力的心跳聲，「怦怦！怦怦！」

她覺得安穩。

一直以來丈夫總是在她身邊，就算知道很多的秘密但從不說破，只默默承受，是這樣的男人啊！她紅著眼眶笑著，腦海裡浮現日本櫻花紛飛的樣子，「該給自己放個長假了」，她想。

她扶起他的身，領他出房門，兩個孩子坐在餐桌前靜靜等待，氤氳熱氣的餐桌上，她覺得幸福。她突然像是想到什麼似的，走到流理台拿出一個小碗盛了些飯，裡頭夾了菜，在女兒旁窸窣了幾句，她問：「這樣雅雅能吃嗎？」

女兒點點頭。

一家人一點都不驚訝地繼續靜靜吃著，雖然雅雅離開了那麼久，但聽到雯雯跟她說這件事，她不知道自己能做些什麼，只能用這樣的方式表現才覺得安心。

在飯桌上，她開口說著：「阿弟，那一天晚上媽媽很抱歉，媽媽沒那個意思，話說重了點。媽媽會多努力瞭解的，爸爸也會多努力的，是吧？」

她轉頭撇向丈夫使勁對他使眉弄眼，丈夫睜大眼聳聳肩，一副不關他事的模樣，兒子調皮笑著：「隔天早上我就收到老爸送給我的兩千元零用錢了，裡面附張紙條寫著要我不要想那麼多，沒想到出櫃還有錢拿，真不錯。」

她跟著笑了笑，嘴裡說著：「那麼好，下次換我出櫃好了！」

兒子的表情驟變，就像當時在街頭的表情一樣，微張著嘴、睜大著眼，大概怕她衝動一下子把不該說的話說出口的樣子。她聳著肩笑著：「老媽這麼愛你們老爸，怎麼可能『出櫃』，開玩笑的！」

兒子才鬆了一口氣，安心地繼續扒著碗中的飯。

她笑笑換個話題說：「阿和，我決定給自己放個長假，和你一起去日本走走！」

丈夫安靜地吃著飯，她從他埋在飯碗裡的神情彷彿看見他笑著。

她知道他知道。

一開始她把他當成一條救命繩索，只為了讓肚子裡尚未成形的孩子和她自己有個可以攀爬出來稍作喘息的地方。從認識他起，她就覺得他只是可愛的大孩子，沉默、寡言、害羞、不善表達自己的情感；結了婚，直到孩子生了下來，她對他只有感謝沒有多餘的愛，她的愛都放在旅人和初生的孩子身上，但他卻是竭盡所能地呵護她，無怨無悔；二女兒過世後，他更是包容她的一切，無論多歇斯底里地胡亂發脾氣，他都只是小心翼翼將她捧在手裡，放在心裡，怕傷害到她。他對她的愛，已經太多，那些愛渲染了她的心，她逐漸將他的身影放進自己的心底，然後再放進女兒和兒子。家庭已經成了她生活的重心，她知道自己不能沒有這個家。於是她決定將那旅人、那過去當成是命運之神給她的奇蹟乍現，讓她能了卻多年來的想望。

她想著今天起，該瞭解大女兒要出家的細節，或許該買些書多瞭解一下兒子的現況，也要陪丈夫一同計畫他們遲來很久很久的蜜月，明天一起去看看媽的狀況，還有要跟那旅人說再見……

丈夫說著：「妳在想什麼？快吃飯啊！」

十四 逝往河流

「妳在想什麼？快吃飯啊！」他笑著看眼前的妻。

美麗又嫻淑的妻，一個教他第一眼就愛上的妻。當兩人在餐廳對坐著，媒人、妻的母親、自己的母親三人在說些什麼，他全然不知道，只見他們像水中的魚不斷將嘴一張一合著，他的眼中只有她，見她安靜低垂著頭看著桌面。當她稍稍抬起頭與他眼神相望時，不急於閃躲只是淡淡看了一眼笑著，又將眼神落回到桌面上的某一點，他便打從心裡渴望著她能多看他一眼，多那麼一眼也好，他知道自己已經無法自拔地愛上了她。從來沒有談過戀愛的他，對於愛情全然無知，在他的心底只有對母親的愛，對生父的思念，以及對於家庭的付出，直到見到她時，他隨著她綻放的笑容，自己的心也跟著舒展開來。

不久，他如願娶了她。那一刻，他打從心底發誓，要建造出一座宮殿，讓她成為無上的王后，而他，是即將呵護她一生的王，無論發生任何事，都會竭盡一切照顧她。新婚當晚，他進入到她溫暖的體內，但她的肌膚卻是冷的，她的心沒有熱情，只是靜靜如橫躺在沙洲上一尾被衝上岸再也無力掙扎的白魚，他懷疑自己是不是那個不該拾起她的漁夫。那晚之後，當他的手指再觸碰那魚，便會感覺到她厭惡抗拒著翻身，再用力地拍打胸鰭和尾鰭拒絕他的任何碰觸。九個月後，他有了一個女兒，一個美麗的女兒，一個如他妻一般美麗的小公主。他更加努力工作，從小職員爬升到廠長只為了讓他的宮殿更加金碧輝煌，為了讓他的妻更像王后，也為了讓他的女兒更像公主。

女兒出生後，美麗的妻變得越加成熟美豔，他對她的愛更加熱烈，而她也一改過去那冷冽，對他的態度變得溫暖，他開始能感覺到妻的溫度，感受到妻明亮的色彩與輕快的步調。夜裡她以纖細的手箍住他堅實的背，讓他在每一次的過程中可以再更進入她一點，彷彿是一種補償，在肉體也在心靈。他如春季海中生殖旺盛的珊瑚，不斷吐出細小的生命，奮力往更溫暖的海底游去。大公主出生之後第三年，妻偎在他的懷裡告訴他即將有第四個家庭成員加入，可惜的是那無緣的二女兒如早凋的緬梔花被突來的風雨打落，妻過度悲傷，而大公主像照顧一個不存在的洋娃娃，他的宮殿似乎開始頹圮。他奮力扛起一切，安慰著妻，照料女兒，辛勤工作想忘卻這一切厄運。

他從小就知道厄運不會待太久，等它厭倦了就會自行離去，他能做的就是默默等待它離去的一天。

厄運如風雨過後離去，妻再度懷了另一個孩子，她的哀傷減少了，逐漸恢復過去的光彩；女兒隨著年紀增長變得更加懂事，也把注意力轉移到照顧新生的弟弟。他的宮殿因為一個王子的誕生而彷若以全新的面貌滋長一樣，妻除了家庭之外，也把工作推上高峰。不久前他覺得妻對他的表情和態度變得不太一樣，見到那陌生男子進入到家中，他彷彿被轟了一記才知曉可能發生了什麼事。他看著客廳中的女兒，望著坐在廚房的那陌生男子，在一場妻子邀請的聚會中，他覺得自己才是那個被邀請來的人，好像被排拒在團體之外。他退到他的花圃繼續照料那株山茶花、緬梔，以及香味四竄的七里香。

最早離他遠去的河流，是他從未見過面的軍官多桑，他對那條河流的印象始終是灰暗的一面，永遠靠近不了也認不清；第二條離他遠去的河流，是他的老師父親，濃稠如血般的河流常教他喘不過氣來，但那老師父親在咳血中畫下生命的休止符時，那條使他畏懼的河流卻又讓他懷念；後來，他的二女兒淺短的生命如同一小截竄出然後又消失的河道，永遠讓他惆悵；之前，他心裡覺得他的妻，那條他心目中永遠亮麗又令他嚮往的河，似乎要遠離自己而去，朝向一處不知名的地方；另外，他的女兒說要出家，一條看似年輕卻穩重的河流，也朝另一個方向堅定地奔去，他只能默默看著她遠離；他的兒子說出自己的同志身分，那條河是他不清楚的部分，在他努力理解的時候，那條河已經以某種強大的自身力量流向另一端。

如今，一切的一切都像是一場戲劇即將落幕一樣，所有的分支慢慢從各端匯集成一條。如他所認為的一樣，厄運永遠不會待得太久，就算孩子離家仍是自己的孩子，只要彼此心裡有這個家就好。

從小他覺得沒人愛著他，那個老師父親不愛他，而母親的愛建立在對軍官多桑的依戀上，只是從他身上尋找軍官多桑的影子，童年並沒有人真正愛著他。

直到他要結婚了，決定要用心去愛眼前這個女人，就算後來一個接一個秘密如土撥鼠從地底探出頭來。母親與軍官多桑的愛無法結合，逼於現實母親甘願拘禁在老師父親的家庭牢籠內，至少那是一座可以提供他們母子棲息的地方，所以他更能體會妻子無法說出的苦。或許對於妻子來說，這個家只是暫時棲身之所，休息夠了就振翅離去，但他仍無怨無悔決計要愛自己的妻；因為自己體會過童年的孤苦無依，體恤兒子一直單獨走在崎嶇道路上令人心疼，所以要包容；因為瞭解女兒做出這樣一個決定並不容易，要有捨棄很多東西的決心，所以要支持。他知道自己能提供的只有愛，那是他過去所缺乏而現在能給予的部分。

他明瞭就算他的歷史在那兩條分支中會走入尾端，但重要的是那兩條河流曾經證明自己存在過，快樂且堅強。他是這個王國的國王，有義務也有責任讓她逐漸老去的王后、成長的公主及王子永遠的快樂。

當妻笑著說：「阿和，我決定給自己放個長假，和你一起去日本走走。」他直點頭沒有回應，他知道那條河並沒有遠離他。

飯桌上他看著依舊美麗大方的王后、典雅的公主、帶著點叛逆的王子，還有飯桌上那個為另一個小公主準備的餐具，他說：「阿嬤最近狀況已經很糟糕了，明天我們一起回去看阿嬤，大家看看狀況怎麼樣。因為你們知道的，叔叔他們現在還在工作，要照顧阿嬤不是一件容易的事，爸爸想聽大家的意見，如果可以的話，爸爸想把阿嬤接回來家裡一起住。」

接著她的妻、女兒及兒子像是要去參加一場聚會一樣，開心討論著關於各種祖母到來的可能性，以及該如何替即將到來的祖母辦一場歡迎會。他瞭解關於家的組成，並不是單純因為血緣關係所拼湊起來的，而應是建立在有相同的目標，對彼此有共同的期許，或是對互相有一定的信賴和肯定。家的組成，不是絕對，就像他和妻，原本兩個陌生沒有血緣的男女相識、相愛而到決定共度一輩子，於是建造一個「家」，不就是這樣嗎？

晚飯過後，他靜靜回到房間躺在床上，聽著外頭電視傳來的聲音和妻及孩子們的談話聲，笑聲如浪潮一樣一波又一波把他帶到夢的國度中。

夢裡，他從未見過面的軍官多桑，以及在他十五歲時就撒手的繼父、年輕時的母親、妻、女兒、兒子，還有像是另一個女兒的模糊身影，全聚在他的宮殿中，外頭的水慢慢的滲了進來，沒人理會那及膝的水，大夥互潑著水開心玩著、笑著。潑起的水像是從天落下的雨一樣，濺濕了他的臉龐，他用手橫過自己的臉，感覺那濕冷的水又一點一滴的滲進去他的身體裡頭。外頭的水依舊汩汩流動著，房子如鼓般震動，「噗通噗通」，他感覺到自己生命的流動和他生命的源頭。

翻個身，又安穩地睡去。

十五　返來阮身邊

翻個身，又安穩地睡去。

反正現實與夢境那條界線逐漸消融，她已經不在意能不能再醒過來，而她每天總在經歷一場時空旅程，有時恢復神智，忘了仿若夢境般的旅程風景，有時貪戀旅程，而不看顧現實生活中的一切。

搬來大兒子家已經一週，每天都像一場輪迴，睜開眼，永遠搞不清楚自己在哪，想起身到桌旁喝杯水，她才想到水要到廚房才有。趿起拖鞋，小心翼翼地透過月光踩在地板上，啪答啪答，像魚困在泥地上拍打身軀的聲音。一步一步，月光浪潮漫淹進來屋內，整個屋子凝凍住橘黃時光，外頭風吹，樹沙沙的聲響，更像浪潮，她卻步地站在房門旁，前進或後退？

她總覺得有人在覷著她，她可以感覺暗地裡的眼光，就像年輕時陳士葆偷覷她時一樣，她覺得視線像絲沾黏在身上，一轉頭果然對上陳士葆的眼睛，但這數十年來，她卻找不到暗處裡看著她的那雙眼。

「戀夢已經乎人打醒，越頭看無伊，放阮孤單到深更，這場夢，是空虛。」

前進，外頭風景被月光剪裁而出，隱隱中似乎可以聞到緬梔花香。當初她不願意來這，直到阿和跟她說：「媽，家裡還有另外一棵山茶花，就當來住幾天玩玩就好。這邊這棵我每天都會過來幫妳澆水的，不用擔心。」

她也當是來玩玩，簡單整理一些行李就跟著過來，坐在車裡從哈瑪星往南，一路風景過去，她想到那些童年還有姑娘時代的朋友都哪裡去了？好幾年前眼睛還好的時候，彼時電視上還有一個有趣的節目，就是請節目去幫忙尋找委託人生命中最重要的人，每次看到節目的關鍵時刻，她總屏氣以待，簾子拉開，才知道尋人任務是否成功。

她把自己投射成節目委託人所尋找的對象，她總期待有天有人會來尋找她的下落。

日子一天天過，這節目都停了好久，還是沒有人來尋她，和軍官說好的一個冬天，無限地追加。那一年，戰敗後隔天，軍隊要求軍官立即隨軍艦返回本島，所有裝備一切從簡，家眷也不能隨軍艦回日，需等其他船隻運回，更何況她和軍官的婚姻只是一場惡戲。軍艦迅速駛離高雄港，幾天後港口傳來謠言說有軍艦沉了，到處都有人問是哪艘？

謠言漫天飛著，誰也抓不牢。

如果謠言是真的，她可以賭一條命去陰曹地府找他，但她不能賭若有一日他回來時尋不著她……她知道他拚死都會回來的，而她能做的就是等。

謠言任它飛，她死命在湍急的河流裡掙扎上岸，只剩下一條退路。她趁著月夜去找陳士葆，陳士葆不在意謠言，迎娶她回家，從此她變成了「陳徐美雪」。她不在意名字，生活才是重要的，就像這塊土地上的所有人民一樣，被叫什麼，時間久了也就習慣了，只有生活是真的。只要等到軍官回來的那一天，如果軍官還要她，她就帶著孩子跟他走，如果不要，她把孩子交給他，自己就可以安心地去陪溫柔的母親，母親一定會像以前一樣低頭罵著她：「妳這丫頭，就是說不聽，當日本人有什麼好的？」

日子一天天過，每年冬天山茶花開，看著泣血的山茶，她的心也在淌血。

「虛情假愛將阮傷害，害阮空等待，等待的人攏不知，這段情，是悲哀。」

陳士葆天生病弱加上殘疾，躲過幾次徵召，最後卻躲不過病魔糾纏，為了病中的陳士葆，把帶孩子到日本尋軍官的夢想擱置，變賣私藏的黃金全兌換成藥方。陳士葆的狀況時好時壞，她知道唯一讓陳士葆欣慰的是為他留下了五條血脈，也正是如此，才能保全平和這個孩子一直到大。平和溫柔敦厚，陳士葆過世之後他小小身子就負擔起一家生計，不怕苦，甚至為了弟弟妹妹而延誤了自己的婚姻。

她等待，山茶花開山茶花落，孩子一個個長大，她仍在等待。

她等待，山茶花枯山茶花生，孫子一個個出世，她還在等待。

軍官離去前，剪了一搓自己的頭髮，連同一筆黃金和一封信給她，信裡字體方正寫著如果生出來是兒子取名平和，如果是女兒希望像她一樣美，取名雪櫻。孩子落地，不姓柴田也不姓陳，從了她的姓。數年的等待，每每睡不著的夜裡她總要翻出了那一搓髮，看了又看，才又細細收回。

今晚的月好圓，她過去和軍官賞了好幾次月圓，但人生有幾次月圓？多是殘缺，只是缺的多或少。

她突然決定不再等，什麼都不再等。等得夠久了，平和這孩子也夠大了，她該去和軍官算算這陳年的老帳。她想到什麼穿起衣物趕回房間，隨便收拾行李，外頭昏暗夜色彷彿回到過去，一個人走出屋子，這次沒有人追趕她，她走進燈火通明的便利店，請店員幫忙叫了計程車就往老家裡去。

「阮猶原，夜夜為伊相思，一暝，過一暝；為怎樣，等無心愛的人，返來阮身邊。」

她的心臟怦怦跳著，她趕著回去，進到自己的屋內從衣櫃底取出鐵盒子，裡頭一封封他的信、照片還有那包頭髮，她將頭髮揣在口袋裡，拿著鐵盒子往庭院走，月光白透著，整個城市像還醒著。她小心翼翼拿著東西到山茶花處，她摸摸山茶樹，如同摸摸自己，她對山茶樹說：「妳也辛苦了半輩子，我不能放妳一個在這裡受苦。他說妳開了就要來看我，妳花開又謝，他從來不出現。妳要怨就怨他吧，他再不來，我也不想等下一次的花開了。」

她對山茶樹溫柔說著，把信件照片一張張堆放在山茶花旁，在夜裡輕輕燃了根火柴。看著螢螢火光燒著那些信，她對著暗處裡說著：「我求求你出來，我知道你在這，我知道，我就是知道。」

她挑起一張信件看著念著，一字一句彷彿溫習當時的溫柔，付之火炬，成了紛飛的灰，那些灰似乎是她的眼淚，無邊際地漫天飛舞。

「只有叫著伊的名字，看著伊的相片，日日夜夜望伊，返來阮身邊。敢講阮的心情，伊攏無聽見，為何猶原越頭做伊去。」

她拾起一張照片看著，似乎他還注視著她，置入火中，她想忘了那張朝思暮想數十年的臉。

火慢慢燒，燒得山茶樹痛苦得霹啪作響，燒得她的臉氣憤通紅。她盯著火光，所有的迷宮似乎攤展在她眼前，她看見三歲的自己七歲的自己十六歲的自己二十歲三十歲到八十歲的自己，也看到了父親、母親、軍官、陳士葆、她的孩子還有那些人，他們全從迷宮的門內走了出來，看著她，她也看著他們，她想躲入迷宮裡與他們一起永遠不分離。

火舌像小蛇，一開始在山茶樹旁纏繞，接著一步步向上攀，漸漸將整個樹身啃紅。

她知道他一直都在，躲在暗處不肯現身，她知道，隱隱之間還可以聞到他身上的氣息。他一定以為自己躲得很好，但氣味騙不了人，淡淡的菸味混合著茶香還有滿頭的髮油味，那是他獨特的味道。

「媽！」平和站在身後叫著她，平和的後方站著淑雲、雯雯和阿弟，

「媽，妳在做什麼？怎麼自己一個人跑回來了？」

「我知道你多桑一直都在，平和來，你跟你多桑講，叫他出來，不然就滾！我不要他繼續在這裡，我不要他假惺惺死後還假裝關心我們，我不需要他的關心。他說過要來接我們的，他沒做到還敢來。甚至連一次進到我夢裡，跟我說對不起都沒有……」

她不理會兒子的勸阻，繼續燒著那些愛戀那些回憶那些怨恨那些不捨那些過去，她要把他忘得一乾二淨。

「雯雯妳告訴阿嬤，他是不是在這？」她就著火光問。

雯雯沒回答。

「妳說啊雯雯妳說，妳告訴我。」她像個賴皮的孩子兩手在天空胡亂揮著。

「阿嬤！他在這裡。」雯雯指著山茶樹前一公尺處。

她抬頭，雯雯說的話彷如有魔力，燒東西的氣流旋了起來，那些灰渣隱隱約約描繪出一個人形，那是她熟悉的身影，是他，她知道是他。她看著他沒再說，他看著她也不能說，只是抱歉的眼神像離去的那一晚。

這個魔幻時刻，所有的人都看到那個「人」，熱風輕輕吹過，像是軍官溫柔的手輕輕觸碰著平和的臉頰，平和不自覺地哭了出來喊著：「多桑！」

所有人都被煙給燻出了淚。

她低下頭不再看他，冷靜繼續燒著。她把紅紙攤開，取出髮絲細細灑入火堆中說：「你不要再留在這裡了。孩子大了，我也老了，不會等我太久的，你在這裡等了數十年也夠了。我沒恨過你，說恨都是騙你的，你走吧！這裡不需要你了，你也看了幾十年，我們都很好，你知道的。」

月光被飄來的烏雲遮住，城市又像睡著，不知道哪裡飄來的一陣大風，把那些信件照片的殘渣碎屑還有未燒盡的髮絲都捲起，火瞬間冷了下來，所有東西順著上升熱氣流，像一堆返家的紫斑蝶，往黝黑沒有月色的天空飛去，只剩下被燒枯的山茶樹仍直挺挺立在那裡。

「媽！外面冷，進屋吧！」

她摸摸山茶樹，嘴裡喃喃，彷彿說著：「對不起。」

晚風吹過枯掉的山茶花，無人言語，靜靜陪同她回到屋裡。陰暗的房內有她熟悉的味道，但她知道，從今以後，他不會再站在暗處看顧她了。躺回床上，她閉上眼，知道夜深，該睡了，她聽到他們走出房間關上房門的聲音。

他走了。

十六　搖籃末曲

他走了。

不走也得走。

所有的人站在甲板上哭喊著，他想到不遠的地方有他的另個家，美麗的妻還有未出世的孩子，他知道再過不久整艘船就會沉了，他不知道自己能不能逃過這一劫？能不能記得回家的路？

他答應過她，山茶花開就會回來，就要去接她，軍人是不會說謊的。他還想親手抱抱未出世的孩子，想看看孩子是男孩還是女孩，眼睛像誰，嘴巴像誰，他向天地神祇祈禱著……

不知道睡了多久，他聽到遙遠的地方有著哭聲，那是雪ちゃん，她怎麼了？為什麼在哭？他想站起身來，卻又散了一地，手啊腳啊渾然不像自己的。在黑暗處他什麼都看不見，他試著移動自己，但在虛無的黑暗裡，哪裡是上哪裡是下，左右東南西北又在哪裡，他全然不知道。隱隱中有條鉤線勾著他緩緩移動，每當哭聲開始他就像被釣起的魚，一點一點地朝聲音的方向去。到底過了多久，他也不知道。他的世界灰濛濛，像沙塵偌大的氣候，什麼都看不清。世界仿若無聲，他被安置在某座以雪ちゃん哭聲為感應的交通工具上，雪ちゃん哭，他就朝哭聲位置前進。某一天，他不再前進，可以清晰聽到雪ちゃん的聲音，他知道自己在她身旁了，終於感到安心。

「一定是菩薩保佑。」他對自己說。雪ちゃん總專注對著手上的玉菩薩祈求著，菩薩都聽見了。

他不在乎自己能不能看得到，只要知道雪ちゃん在這就好。不知道過了多久，他逐漸把霧般的世界慢慢瞧仔細，他可以見到她還有身旁跟著一個男孩，男孩長得就像他小時候。他用「手」輕輕摸著男孩的頭，其實沒有手，只是一種像絲帶的感覺，他的「手」拂過穿過輕觸著男孩。男孩睡著，他試著「抱抱」男孩，儘管沒有實感，但他卻真以為自己抱起了男孩。

他感覺自己在哭，但只是感覺，他連自己都摸不著自己了，怎麼會有眼淚。花了好久聚積起來的身體卻像沙一樣瞬間瓦解散了一地，只有意念飄浮著，他試著「找回」自己的身體，花了好多時間才又像拼圖一樣拼組起來。他看得見自己的手自己的腳自己的身體，但卻看不到自己的臉是不是當初的樣子，還是死前掙扎的可怕模樣？

好久的時間他什麼都不能做，但闃黑的天卻偶爾現出入口般的光明，他似乎只要墊高腳尖一跳就會跳進光裡。他怕，一跳就回不來了，每每入口出現，他總躲在暗裡靜靜不動。

好幾年過去，他知道該走了，但他還沒跟她說過半句「對不起」，至少要對她說了才能安心。他一待就度過了好長時間，男孩都長得比他還大，大到有了自己的家庭。

某年，一個女孩指著他說：「阿兵哥！」

他看著女孩，女孩看著他喊著：「阿兵哥叔叔，抱抱！」

彎下身來，他穿過女孩身體，溫溫熱熱像被火燙的又散了一地，女孩疑惑看著沙散的他不再說話。過了幾年，庭院的緬梔樹下有另個淘氣的小女孩，灰撲撲的形體像團棉絮，他像個捏糖人，捏出一點她的臉形，捏出一個鼻子、嘴巴，還有耳朵小手小腳來。

小女孩貪玩總想跑到外頭，但每走出庭院就又成了飛散的棉絮被風滾吹回來，他看了不忍，又把她揉成一個小女孩。偶爾入口開，他試著輕輕托起小女孩要她往上飛，卻又沉沉落了下來，小女孩以為他在跟她玩遊戲，咿呀咿呀地笑開了。

「今晚，月好圓，雪ちゃん好趕，她趕什麼？雪ちゃん、雪ちゃん、雪ちゃん，一叫叫了一輩子，她還能聽到我叫她嗎？」

他在多少時間長河裡在她身旁輕輕喚著她，她卻全然無從感之。

「她恨我嗎？所以常常暗夜裡哭著。她愛我嗎？那又為什麼在夜深裡一人垂首桌前寫著那一封封的絕情書？她是不是忘了我的模樣，所以才要時常取出我的照片來瞧？她是不是知道我在她身邊，不然怎麼常對著空盪屋子說話？雪ちゃん，雪ちゃん，雪ちゃん，妳有聽到我對妳說話嗎？」

他見她一人回家，取出那些信件照片，一點一點地燒著，燒著那些彷彿燒著他的身體。「我還有心嗎？」他問自己，沒有心的人為什麼還會心痛？他的身體像被火紋過的大屋，就要垮了散了，逐漸成灰燼。

「為什麼沒有人阻止雪ちゃん……」他只能站在一旁看她火光裡紅著的眼。她要他出來不要躲，他一直都在啊，一直都沒離開在她身邊，他大喊，卻喊不出聲音。

月光越來越亮，他覺得身體被凝固動彈不得。總算有人來阻止雪ちゃん，他心裡安心，卻發現第一次有那麼多人注視著他。第一次，雪ちゃん的眼神

不偏不倚地看著他的眼睛，第一次平和看著他的眼喊著多桑，他清清楚楚聽見雪ちゃん的話。他不能讓她再難過了，該走了，留戀了那麼久，的確該走了。

他要在那裡好好地等雪ちゃん，等下一次的山茶花開，他要帶著她一起回到故鄉。那裡有他最愛的山茶，那是他精心栽種的，就在家鄉的小山坡，他知道雪ちゃん一定會喜歡。

月光被掩住，他覺得身體的束縛一下輕了不少，天空的入口緩緩打開，他輕輕一蹬帶走了雪ちゃん數十年的依戀，帶走了兒子沒見過他的缺憾，也帶走自己的執念。

他走了，早就該走了。

走之前他想到一件事。

他來到平和家，綠色的小草皮上一個灰撲撲的小女孩依舊四歲模樣窩在樹下，望著天空。他看著她，她舉高著手要他抱，他輕輕擁著小女孩，唱一首偷偷練了好久的搖籃曲，總算有機會放慢唱，小女孩安穩睡著了。他的腳踏著一朵樹梢的緬梔花往上蹬，花離枝落地，而他們越飛越高，越飛越高。

十七 躲貓貓

他從被困住的那天起，日夜從二樓窗戶往下望，等著平和或其他孩子歸來，等著美雪坐在廊前，等著孫子一日大過一日，等著美雪離他越近，他才能安心帶她走。好幾次他悄步躲在暗處，貼著門貼著牆聽，美雪總喊著另一人的名，一聲聲一句句，把他的魂喊得更散。為什麼愛戀美雪一世人，換來的卻是這模樣？他決心留在這，等美雪時間一到就牽著她的手離開，那個男人躲在哪裡？他日提防，夜也是，卻從沒見過美雪口中那個男人，為什麼美雪喚的不是自己？

今天又是月圓的日子，平和一家人都回來，為什麼不進屋坐？美雪為什麼又在哭？

美雪常常不開心，他想逗她開心卻常惹惱她，他學鴨子叫學青蛙跛腳，更加讓美雪生氣。美雪少笑，一心照料著平和那孩子，彷彿只要平和活著，自己怎樣都無所謂。他看不慣美雪護著平和的樣子，越是要折磨那孩子。那孩子忍耐著不喊苦，他越覺自己卑劣就越想讓他屈服，不然之前做的到底都是為了什麼。

他刻意忽略那孩子，美雪也就投注更多心力在平和身上，把他打點得乾乾淨淨，把他教育得比其他孩子更堅強。孩子國小畢業就開始工作，所有薪水全數奉上美雪手裡，他常聽到美雪告訴平和，這些錢要給他娶妻用。他比美雪更希望那孩子早日離開這家，唯有如此，美雪才會將注意力放回他身上。

但一等，等到自己身體不行，也等不到那一天。反倒那孩子不抱怨他虛弱身子給家裡帶來的困擾，身兼數職負起責任，照顧和他同母異父的弟弟妹妹，要他們專心讀書別擔心錢的事。他是忌妒那個男人的，為什麼美雪和那個男人可以生出一個那麼堅強的孩子，而他其他孩子只會哭哭啼啼等著別人來幫？他躺在床上，覺得虧欠那孩子許多，但又該怎麼還呢？閉上眼前他只想再見那孩子一面，多希望聽那孩子喊他一聲：「阿爸。」只要那麼一聲就足夠。不過天色已暗，那孩子怎麼還不回來？他想睡，美雪和其他孩子卻哭著要他醒，他心裡抱怨著，自己就任性睏去。

等他醒，身體病痛全無，他開心地想告訴美雪，卻發現自己被困在房裡，哪裡也去不了。他知道這是老天爺給他的懲罰，要他親眼看著這孩子長大，看著美雪老。坐在窗邊的風景年年如昔，美雪時時坐在廊下發呆，嘴裡像過去一樣，總對著那不回來的男人說話。

那男人到底哪裡好？他不懂也不想懂，會讓美雪傷心難過的男人都不會是好東西。他轉瞬也想到，自己也常常藉著忽略平和來引起美雪注意，自己似乎只能把平和當成媒介，不然美雪就像被抽掉靈魂的空殼，靜靜默默像是等死。會生氣的人就還不會死，自己只能用這方法來讓美雪振作，卻讓平和一次又一次受委屈。

今天是什麼日子？還不到祭祀時間，他們在燒什麼？

他從二樓望下，眼睛直愣愣好奇看著，最後平和一家攙扶著美雪進屋，他哪裡都去不了，只能坐困在二樓。美雪老了，二樓成了無人居所，他只能隔著一扇窗戶看著外面的世界。

沒關係的，他安慰自己，哪天美雪真的要離開這家裡，他瞭解美雪的個性，一定會徹頭徹尾把屋子前後上下全都看過一遍才會安心。屆時，他會躲在門後偷偷嚇美雪最後一次，看她最後一次的表情究竟是氣他躲了那麼久，或是驚喜兩人還有見面的一天。

他躲回暗處，繼續等。

後記
有故事的人

小時候祖母家牆上掛著一個男人的黑白照，他們說那是「爺爺」。叔叔、姑姑、堂兄弟姊妹各個彷彿從「爺爺」的五官取走部分安裝在自己臉上，唯獨父親沒有，甚至連「爺爺」的姓氏也不取。大人不肯多說細節，那時我也無法理解大人的世界，只覺得「我們」與「他們」被劃分在兩端。

我曾在一篇文章〈我父之父〉中描述一樁靈異事件：大姊出家後某一年，一名居士說祖父跟著大姊身後且說日文，但居士不解日文，不瞭解說的是什麼。後來大概頻率調整完成，說的內容變得可以理解，說是祖父對居士表達：「很對不起法師的祖母，很對不起法師的父親，有兩樣東西要給法師的祖母和父親……」才知道父親為日本人遺腹子。

所要給的東西為何，無人得知，但我嘗試以文字給予這奇遇一段童話故事般的結局。父親名為「平和」，等後來接觸日文才知道原來和平的日文即為平和（へいわ），文章中我想像祖父給父親的禮物應該就是「名字」，願世上不再有戰爭。

然而《秘河》完成於〈我父之父〉之前，諸多巧合讓我不免懷疑，究竟是人生去應證小說，還是小說搶先預言人生？若真有通靈之眼，是否能看見祖父的幽靈如小說描述般陪伴在祖母身旁？

我常思索父親是怎麼走過來的？他怎麼看待生父和繼父？我對父親的身世只有一知半解，但父親自己又何嘗不是？祖母的嘴成了密封的樹洞，秘密從來不透露。旁人一個問題等同是一刀，鑿下去不夠深，秘密的汁液流不出；使勁去挖，教一個年近九十的老人怎堪這般折磨。

從此，父親成了沒有身世的人。

但父親的崎嶇背景就是最好的小說題材。父是誰？姓氏為何？是生是死？不詳。因為不詳，所以一切有了想像，無邊無際的想像最讓人害怕，似乎永遠到不了彼岸。我在故事海上航行，諸多線索成了錨，供我描繪出專屬於父親故事的大航海圖。

我和父親相反。

父無父，而我無子，從此「父子」兩字只能定義他和我。過去，我在短篇小說、在散文中一再讓父親現身，永遠沉默寡言，苦幹實幹只為撐起一個家，但那些故事中的他那麼零碎不完整。我試著重新組合父親的身世，偷偷竄改父親的真實人生，讓一家人在《秘河》中演一齣偽家族史。

我化身說書人，寫下他的歷史，那麼父親此後就無需探究身世更無需族譜，可做洪荒神話史上的第一人，一個有故事的人。

本書獲2009年高雄文學創作獎助計畫

國家圖書館出版品預行編目（CIP）資料

秘河 / 徐嘉澤 著. -- 初版. -- 臺北市：大塊文化, 2013.02

面；　公分. --（to；78）

ISBN 978-986-213-417-7（平裝）

857.7　　　　　　101028096

大塊文化 on line：www.locuspublishing.com
大塊文化 PLURK：www.plurk.com/LOCUSpublishing
大塊文化 facebook：www.facebook.com/locuspublish

LOCUS

LOCUS

LOCUS

LOCUS